DATE DUE

OC - 3 08			
JE 15			
JY 2 4			

AMPHITRYON

Esta obra obtuvo por unanimidad el Premio
Primavera de Novela 2000, convocado por
Espasa Calpe y Ámbito Cultural, y concedi-
do por el siguiente jurado: Ángel Basanta,
Luis Mateo Díez, Francisco Nieva, Antonio
Soler, Ramón Pernas y Rafael González Cortés

Ignacio Padilla

AMPHITRYON

ESPASA

ESPASA ℗ NARRATIVA

Director Editorial: Rafael González Cortés
Directora de la colección: Constanza Aguilera
Editora: Loida Díez

Diseño de la colección e ilustración de cubierta: Tasmanias
Realización de cubierta: Ángel Sanz Martín
Foto del autor: M. C. López-Brun

Depósito legal: M. 10.475-2000
ISBN: 84-239-7977-6

Espasa, en su deseo de mejorar sus publicaciones, agradecerá
cualquier sugerencia que los lectores hagan al departamento editorial por correo electrónico: sugerencias@espasa.es

Impreso en España/Printed in Spain
Impresión: Mateu Cromo Artes Gráficas, S. A.

Editorial Espasa Calpe, S. A.
Carretera de Irún, km 12,200. 28049 Madrid

Para Lili, Constanza y Jorge,
aritméticos de mi futuro.

Sinto que sou ninguém salvo uma sombra
De um vulto que não vejo e que me assombra,
E em nada existo como a treva fria.

Fernando Pessoa

La trama principal de esta novela se desarrolla fundamentalmente en Austria, Alemania, Polonia y Serbia entre los años 1916 y 1945, es decir, desde mediados de la Primera Guerra Mundial hasta finales de la Segunda. La narración comienza en el momento en que la Primera Guerra Mundial —también denominada en la obra como *Gran Guerra* o *guerra del catorce*— comienza a resolverse en contra de Alemania, el imperio austrohúngaro y sus aliados. Como consecuencia de esto, Austria-Hungría desaparece y Alemania pide la paz, que se firma en Versalles en 1919. Asimismo, desaparecen los imperios otomano y ruso.

Durante el período de entreguerras, la derrotada Alemania vuelve a convertirse en una gran potencia. Hitler se anexiona Austria e invade Polonia en septiembre de 1939, hecho que desencadena la Segunda Guerra Mundial, que acabará con la rendición incondicional del ejército nazi en mayo de 1945.

Nota del editor

I

UNA SOMBRA SIN NOMBRE

Franz T. Kretzschmar

Buenos Aires, 1957

Mi padre decía llamarse Viktor Kretzschmar, fue guardagujas en la línea Múnich-Salzburgo y no era hombre para decidir, así, sin más, que iba a cometer un crimen. Detrás de su aparente destemplanza ante la adversidad se encerraba un ser en extremo calculador, capaz de esperar durante años las circunstancias propicias para dar un golpe largamente acariciado. Taciturno en su trato ordinario, podía también entregarse a imprevisibles estallidos de rabia que, sólo en la intimidad, hacían de él un polvorín cuya mecha parecía estar siempre encendida. Los suyos no eran nunca arranques espontáneos, eran más bien producto del perpetuo soliloquio que solía sostener con su conciencia de hombre vencido, un hombre que, estoy seguro, habría horadado un túnel en basalto con la sola esperanza de recuperar un día la luz que le había sido arrebatada en la juventud. En cierta ocasión le vi ocultarse más de diez horas en la espesura aguardando a que reapareciese una liebre famélica que había sorteado los primeros disparos de su jornada. Era de noche cuando el animal finalmente sucumbió a la puntería del ofendido tirador, recibiendo por añadidura una andanada de puntapiés que pronto lo convirtieron en un incomible montón de sangre y nieve.

Años más tarde, mientras mi padre refutaba sin mucho afán las acusaciones del tribunal ferroviario, pregunté a mi madre si recordaba la historia de la liebre, pero ella no pudo o no quiso responderme. A raíz del accidente se había enclaustrado en un mutismo imbatible que al principio creí solidario con la desgracia de la familia. Más adelante, sin embargo, al escuchar la sentencia del juez mi madre emitió un hondo suspiro, hincó la cabeza entre los hombros y se entregó al llanto reparador de quien al fin se ha liberado de un fardo que emponzoñaba cada segundo de su existencia. Mis palabras de consuelo, dichas desde la más absoluta confusión, apenas ayudaron a serenarla un poco. Entonces, como si respondiese en código a mi pregunta sobre la liebre, señaló a mi padre y musitó:

—Ese hombre, hijo mío, se llama Thadeus Dreyer, y odia los trenes con toda su alma.

Al principio pensé que mi madre, en su delirio, se refería a otra persona. Fue como si detrás del guardagujas Viktor Kretzschmar se hubiese levantado de pronto una sombra perversa, causante de todos sus sinsabores y, sobre todo, del desastre por el que muy probablemente habría de pasar el resto de sus días en prisión. Pero la mirada de mi madre, detenida en la figura trémula de su marido, no daba lugar a este tipo de equívocos: pronto me quedó claro que, durante el juicio, ella había decidido desvelarme la auténtica naturaleza de los actos y los tormentos del guardagujas Viktor Kretzschmar. O quizás simplemente había resuelto poner en su justo sitio los pormenores de una antigua historia familiar que yo, hasta ese día, sopesé en mis quimeras infantiles con un romanticismo a toda prueba.

Que mi padre no se llamaba en realidad Viktor Kretzschmar lo supe desde niño, sin que ello mermase un punto la ciega admiración que le profesaba. Para mí, aquel fue siempre un inviolable secreto de familia que permeaba mi existencia con un pueril orgullo conspiracional. En cambio, su insospechado odio hacia los trenes adquirió, en la sentencia de mi madre, el cariz de las revelaciones que cortan el hilo entre la infancia y la madurez. Hasta donde alcanzaba mi memoria, siempre había pensado que mi padre adoraba los trenes desde el día que, en uno de ellos, apostó y ganó su destino a una partida de ajedrez. Que hubiera alguien capaz de poner en duda la importancia de un guardagujas o la grandeza de aquellas imponentes bestias de acero le arrojaba en depresiones interminables. En su eterna devoción hacia todo aquello que tuviese que ver con las vías férreas, había gastado cada instante de su vida, y hoy pienso que, en cierta forma, su existencia estuvo consagrada a demostrar que su curiosa manera de allegarse el puesto de guardagujas fue algo más que un anecdótico capricho del destino. Para él, aquel juego de ajedrez a bordo de un tren destinado al frente oriental en la guerra del catorce había sido la culminación de un plan urdido en su favor por un demiurgo compasivo que, hacía ya algunos años, le había eximido así de una muerte segura.

Durante mucho tiempo pensé que aquella partida histórica había tenido lugar en un suntuoso vagón de fumadores atestado de oficiales y damas de gran tono. Las manos enguantadas, las cimeras ondulantes, los peones de marfil y el humo perfumado de las pipas inundaron por años mis quimeras infantiles sin que mis padres se molestasen nunca en desmentirlas. Después del accidente, sin embargo, supe por boca de mi madre que las cosas habían ocurrido de otra forma.

Mi padre entonces debía de ser más joven de lo que yo solía imaginar, aunque no lo bastante para evadir la leva que en 1916 sacudió los confines del imperio austrohúngaro con el objetivo de reforzar su frente oriental. En alguna parte de mi equipaje conservo aún una fotografía donde mi abuelo, un campesino del Vorarlberg de quien apenas tengo noticia, despide en la estación del pueblo al último de sus vástagos uniformados. El viejo muestra ahí una sonrisa satisfecha, inconcebible en quien entrega a su hijo a una guerra que pronto sería una causa perdida. Por lo que toca al joven recluta, éste no parece compartir el entusiasmo aberrante de su propio padre: desvía la mirada, sonríe con dificultad, estrecha lívido a mi abuelo como si estuviese a punto de desvanecerse en mitad de la estación. Se diría que espera la oportunidad para correr fuera de la fotografía y perderse montaña arriba, allí donde no pueda alcanzarle el silbido de la locomotora que está a punto de conducirlo ante los cañones de la Entente. Calculo que tendrá escasos veinte años, no más, y su rostro acusa ya el miedo de quien va descubriendo, acaso demasiado tarde, el valor de su corta vida de pronto amenazada. Imagino que esa vez mi abuelo tuvo que ordenarle que sonriese ante la cámara, y acaso creyó necesario empujarle hacia el tren con el vigor inclemente de un anciano campesino cuya máxima satisfacción, según decía mi madre, era la de haber entregado ya a la patria la sangre de sus dos hijos mayores. Como quiera que haya sido, lo cierto es que mi padre no tuvo en ese momento el arrojo para fugarse a las montañas, y terminó apoltronado con sus miedos en un vagón viejo y desleído, por entero distinto al furgón de mis fantasías. Ahí debió de hundirse en su letargo de espectro prematuro, ahí debió de despedirse de los suyos asomando su mano cadavérica a través de un cristal roto que le devolvía un ventarrón henchido de presagios y mezclado con el humo ultramundano de la locomotora. Ahí, en fin, debió de quedarse mi joven padre, por lo menos cuatro horas, hasta que su contrincante, el verdadero Viktor Kretzschmar, entró en el vagón.

Aun hoy me resulta difícil saber por qué imaginé siempre a ese hombre como un exquisito caballero victoriano, probablemente un oficial retirado cuya sola presencia habría impuesto al recluta una mezcla de pavor y respeto. Quizá alguna vez mi propio padre lo describió así en su afán por ocultarnos el verdadero patetismo de la escena y lo trágico de sus consecuencias. O tal vez fue simplemente el desbordado mecanismo de mi imaginación lo que me llevó a concebirlo de esa forma. Años más tarde mi madre supo poner también aquella imagen en su sitio. El hombre del tren, me confesó ella entre sollozos mientras abandonábamos el tribunal, no era más que eso: un hombre, otro joven de provincias que habría sabido aprovechar la influencia de un tío lejano para evadir la leva y obtener un puesto de guardagujas en la comarca salzburguesa. En sus propias ficciones de mujer herida por la desgracia de su esposo, mi madre describió al enigmático jugador como un alcohólico, un oportunista enloquecido que encontraba una enfermiza satisfacción en embaucar viajeros ociosos, o bien adolescentes lo bastante hechos al fracaso de la guerra como para jugarse con un extraño sus pocas pertenencias. Aquella, desde luego, era sólo la versión abigarrada de mi madre, e ignoro cuánto habrían ayudado a levantarla las confesiones que mi propio padre le hizo a lo largo de más de quince años de accidentada intimidad matrimonial. Con todo, no sé por qué motivo, cuando tuvo lugar el accidente y los jueces sugirieron que el descuido del guardagujas Kretzschmar bien podía haber sido premeditado, la descripción materna de aquel extraño viajero adquirió una consistencia tal en mi mente, que el gentilhombre victoriano terminó por transformarse en una sombra aterradora. De pronto, la imagen gloriosa del verdadero Viktor Kretzschmar se diluyó por completo en mi memoria ante la nitidez con que comencé a evocar a mi joven padre sobresaltado en mitad del miedo frente a aquella especie de Mefistófeles ebrio que no tardó en distraer a mi padre las coronas con las que pensaba regalar sus últimos días en Belgrado.

Mi padre, debo insistir, no fue nunca un modelo de templanza. Y tampoco debió de serlo aquella noche, cuando se vio despojado de todo su haber en unos cuantos minutos. No creo que ese primer saqueo, como quería mi madre, haya ocurrido en una partida de ajedrez, pues resulta más verosímil pensar en un trivial póquer de naipes marcados o ejercido con artimañas aprendidas en un bar de mala muerte. Por otra parte, dudo asimismo que a mi padre le importase gran cosa la pérdida de una cantidad de dinero que de cualquier forma habría malgastado muy pronto en cigarrillos turcos o prostitutas húngaras. Lo que, en cambio, debió de moverle a continuar la partida hasta el fin y llevarla al terreno ajedrecístico, donde se movía con mayor destreza, fue seguramente la imperiosa necesidad de vencer por lo menos una vez antes de que la artillería enemiga concluyese el camino de su derrota. Su contrincante debió de intuir aquel deseo de triunfo en los ojos del recluta, y quizá él mismo llegó a sentir que le había llegado la hora de jugárselo todo, ya no a las cartas, sino al juego que él también debía conocer a fondo y que, claro está, consideraba más digno de la tremebunda apuesta que ambos viajeros estaban a punto de girar sobre la mesilla de aquel infausto vagón.

Un ajedrecista cabal, decía mi padre cada vez que me explicaba una jugada maestra, es capaz de reconocer a sus pares de inmediato y en las circunstancias más extrañas, pero sólo emprende una partida cuando está seguro de haber medido las fuerzas de su oponente, y nunca, en verdad nunca, apuesta al divino juego nada que no sea tan importante como su propia vida. Ignoro quién de los dos hizo entonces la propuesta inicial, o en qué mal momento salió finalmente a relucir el tablero. Lo cierto es que los términos de la partida quedaron pronto delineados con una claridad tal, que disuena con la atmósfera neblinosa que impregna toda la historia: si mi padre vencía, aquel hombre tomaría su lugar en el frente oriental y le cedería su puesto de guardagujas en la garita novena de la línea Múnich-Salzburgo. Si, por el contrario, mi padre era derrotado, se obligaba entonces a pegarse un tiro antes de que el tren llegase a su destino.

Aunque absurdas en apariencia, ese tipo de apuestas suicidas eran moneda de uso corriente en aquellos tiempos atribulados donde las vidas, las razones y los destinos eran particularmente endebles, como lo eran también las componendas laborales en las que poco podía importar a las autoridades del imperio la identidad de un recluta o de un guardagujas siempre y cuando alguno de ellos ocupase un puesto vacante en el frente oriental. En esa guerra que parecía prolongarse hasta el infinito, tarde o temprano todos los hombres terminarían desangrándose en la misma trinchera. Y sus nombres, como sus vidas, se igualarían al fin en el más rotundo de los anonimatos. A veces pienso que la apuesta en cuestión no incluyó nunca, como insinuaba mi madre en su afán por ocultar los pecaminosos ímpetus suicidas del joven Kretzschmar, una hucha quimérica y repleta de monedas de oro que mi abuela habría dado en despedida al último de sus hijos. Me parece más verosímil que ese dinero, si existió, se habría perdido ya en las partidas precedentes. En cambio, la idea de que el hombre del tren estaba dispuesto a jugarse la vida con tal de ver morir a su contrincante de juego, me resulta más coherente con la importancia casi sagrada que mi padre concedía al ajedrez, así como con el estado de ánimo que debió de imponerle aquel viajero luciferino empeñado en entablar pactos donde el jugador tenía siempre las de perder aun cuando, venciendo en la partida, prolongase para sí una existencia a todas luces baldía.

Por desgracia, mi padre no lo comprendió así aquella noche, y prefirió echar mano de sus mejores estrategias con la desbordada avaricia de quien por primera vez tiene al alcance un tesoro con el que nunca se atrevió siquiera a soñar. Los años, hoy lo sé, le demostrarían lo inútil de su victoria, pero en ese momento no cabe duda de que consideró su apuesta contra el guardagujas como una promesa de inmortalidad, no así como el anuncio de la lentísima agonía que le aguardaba en la garita novena de la línea Múnich-Salzburgo.

La partida no debió de durar mucho tiempo, pues el tren se aproximaba ya a Viena cuando mi padre intercambió documentos de identidad con su oponente. En premio a su destreza ajedrecística, recibió además el uniforme ferroviario del auténtico Viktor Kretzschmar junto con el pequeño tablero donde se había jugado el destino y que mantuvo oculto en un arcón hasta el día de su condena. Ahora todo eso le pertenecía, como era suya también la existencia que esa noche había cambiado por su muerte segura ante el enemigo. Una muerte que él, por su propio bien, prefirió considerar como un hecho consumado hasta unos días antes del desastre.

* * *

Mi padre desempeñó fielmente el puesto de guardagujas durante más de quince años. Al principio, nadie percibió en él el más ligero signo de inquietud, un mínimo indicio de remordimiento que pudiera denunciar su impostura o el escrúpulo con que aquella vida ajena le fue envenenando cuerpo y alma hasta convertirlo en una sombra. Su entusiasmo desmedido por las ferrovías fue la máscara con la que consiguió engañarnos casi a todos, excepto a mi madre, dotada como nadie de una notable y dolorosa intuición para las verdades menos evidentes.

Desde el primer día mi padre se esmeró por asumir de lleno su nueva identidad. La garita novena se hallaba en el confín occidental de la región salzburguesa, un punto extremadamente transitado incluso en tiempos de guerra. Dada su importancia, el puesto contaba con una cabaña de proporciones descomunales para quien, como él, había crecido en la proverbial indigencia del Vorarlberg. Aquella construcción se convirtió de inmediato en la casa del espurio Viktor Kretzschmar, originario de Galitzia y eximido del servicio militar por una supuesta afección respiratoria que en un principio él procuró ostentar, pero que a la postre terminó brillando por su ausencia. Muy pronto, los habitantes de la región se acostumbraron a su presencia, comenzaron a llamarlo Viktor Kretzschmar, y él mismo acabó por convencerse de que ese nombre le pertenecía. Su puesto no le exigía otra cosa que una puntualidad a toda prueba para realizar oportunamente el cambio de vías en la garita y enviar de vez en cuando a sus superiores informes sin variantes de mayor relevancia. De esta suerte ocioso, de esta suerte inserto en la rutina, no tardó en consagrar su tiempo a buscar por los pueblos vecinos a la garita una mujer que le ayudase a poblar su cabaña con una familia que él deseaba numerosa.

Creo que mis abuelos nunca comprendieron del todo cómo su hijo, que para ellos seguía llamándose Thadeus Dreyer, había trocado su destino de manera tan inopinada. Estoy seguro, no obstante, de que el viejo campesino de la fotografía, que antes lo había entregado a la guerra convencido de que pronto recibiría a cambio su tercera medalla luctuosa, nunca le perdonó haber renunciado así al sacrificio en aras de la patria. Mi abuela, por su lado, le escribió todavía una docena de cartas donde, a pesar de la insistencia de su hijo ausente, siguió llamándole Thadeus. Un día, al fin, mi padre interrumpió aquella correspondencia, pues ahora había asumido por completo la identidad del guardagujas Viktor Kretzschmar, y no estaba dispuesto a renunciar a ella. Acaso temía que la necedad de las misivas maternas le delatasen como desertor, o quizá le preocupaba que esas líneas le recordasen eternamente su impostura. Por eso no tuvo reparo alguno en cortar de tajo aquel intercambio epistolar, asesinando así, en la memoria de quienes le habían engendrado, al hijo que aquellos dos ancianos insistían en revivir, ignorantes de que a aquella sazón, quien ahora ostentaba el nombre Thadeus Dreyer seguramente se hacía matar en un frente oriental del que se recibían noticias cada vez más desalentadoras.

Ni la total renuncia de mi padre a su nombre y su pasado, ni la bonanza de sus primeros años en la garita, bastaron para que cierto día se dejase inundar por una desazón que al principio debió de parecerle nimia, pero que al cabo se enquistó entre sus peores pesadillas. Mientras duró la guerra no hubo día en que el guardagujas no bajase a la ciudad buscando la confirmación definitiva de su propia muerte. Entre viudas potenciales y ancianos desolados, esperaba desde la madrugada a que la oficina de correos publicase el recuento de caídos en el frente. Todas las últimas trincheras de la gran conflagración desfilaron diariamente ante él sin que en las listas figurase nunca el nombre de Thadeus Dreyer, aquel nombre arcano e irrespirable que mi padre no alcanzaba a destruir por completo. Tal vez más tarde, de vuelta a su cabaña, imaginaba encontrar una carta donde sus padres, confundidos acaso por una notificación del deceso del recluta Thadeus Dreyer, le escribían a su nuevo hogar en la comarca salzburguesa para exigirle explicaciones. Quizá también se consolaba pensando que no había sido él quien suspendiera la comunicación con mis abuelos, sino que éstos, tras recibir un aviso mortuorio que bien podría no haber llegado a nuestra oficina de correos, habrían llorado al fin su muerte pensando en un cadáver remoto cuyos rasgos ahora serían definitivamente borrados por las esquirlas francesas o los gusanos balcánicos.

Poco consuelo debieron de dar a mi padre aquellos hipotéticos asesinatos perpetrados cotidianamente contra sí mismo, pues pronto se entregó en cuerpo y alma a buscar la legitimación de su nueva vida por todos los medios posibles. Acaso le habría gustado concebir de golpe un centenar de hijos que pudiesen propagar su nuevo nombre por todos los confines de la tierra, pero la mujer que había elegido para ello no supo darle más que uno. Un hijo que, por otro lado, llegó demasiado tarde a su existencia, pues nací en las postrimerías de la guerra y tras una retahíla de embarazos fallidos con los que la naturaleza parecía recordarle a mi padre la aborrecida falsedad no sólo de su apellido, sino de su propio cuerpo. Antes de mi nacimiento, los pobladores de la región se habían acostumbrado a ver encinta y sin hijos a la esposa del guardagujas Kretzschmar. Por eso,

cuando el último de aquellos embarazos concluyó feliz-
mente, no faltaron motivos a los murmuradores para
dudar de la legitimidad de aquel niño.

Derrotado así por los obstáculos que incluso la naturaleza imponía a su nueva identidad, mi padre dedicó
sus últimos esfuerzos a demostrar al mundo que su destino fue siempre el de un intachable funcionario de
ferrocarriles. Su empeño, no obstante, derivó en una mo-
nomanía ferroviaria digna de mejores causas. Bajo la
cuestionable premisa de que un hombre no es sino su
oficio, Viktor Kretzschmar se convirtió en el guardagujas más celoso y mejor preparado de la incipiente indus-
tria ferroviaria que la guerra nos había dejado en herencia. Amén del cambio de vías, que realizaba todas las
tardes con ritual precisión, mi padre recubrió los muros
de su cabaña con infinidad de diplomas que la compañía le otorgó año tras año en reconocimiento por su labor. Nada se decía en esos papeles que no estuviera impreso antes en los diplomas de sus predecesores, pero él
los ostentaba como si se tratase de reiterativas actas de
bautismo, incuestionables documentos de identidad en
los cuales sus patrones le acreditaban ante el mundo entero como una especie de ungido de los trenes. Por si
eso no bastase, reunió pacientemente en la garita un
auténtico archivo ferroviario que vino a complementar
su enciclopédico saber de cuanto estuviese relacionado
con su oficio: diagramas de maquinarias antiguas y
modernas, sellos postales, daguerrotipos, grabados
acuciosos, extensos planos de líneas férreas en países
con nombres impronunciables, y hasta una caterva de

novelas de trasunto total o parcialmente ferroviario, leídas por mi padre con una morosidad de analfabeto que nunca pudo sacudirse del todo. Todas estas cosas fueron el principal mobiliario de mi casa de infancia. Y aquéllos fueron también mis compañeros de juegos, mis libros de texto, los fantasmas metálicos o documentales que pronto redujeron significativamente el espacio de nuestra cabaña como si, con ellos, Viktor Kretzschmar hubiese conseguido al fin suplir a los hermanos que no tuve.

Ignoro en qué momento nuestra casa se volvió insuficiente para albergar la materialización de los delirios de mi padre. Cuanto tenía y conocía de los ferrocarriles le habría bastado ya para graduarse en Viena como un intachable ingeniero ferroviario, pero tuvo que conformarse un día con la construcción de un pequeño anexo al lado de nuestra cabaña. Fue allí donde mi padre levantó su propia maqueta del mundo, un mundo de trenes raquíticos cuyos habitantes estarían siempre muy lejos de sospechar siquiera que su creador era un demiurgo impostado y sin nombre. La más clara imagen que conservo de mi padre en aquellos años es la de sus ojos trastornados ante pequeñas locomotoras traídas de Londres o Berlín, sus pueblos apacibles labrados en madera de pino, su milimétrica garita de utilería pintada con los colores de las líneas férreas austríacas y habitada por un húsar de plomo disfrazado de guardagujas. Tarde tras tarde, mi padre manipulaba ufano aquel muñeco ensayando innumerables cambios de vía hasta alcanzar una perfección que nada tenía de pueril. Yo, por mi parte, lo miraba fascinado procurando olvidar que en esos momentos mi madre viajaba a Salzburgo en busca de un trabajo, no siempre dentro de los límites del honor o la legalidad, que le permitiese suplir los huecos que en nuestro presupuesto habían comenzado a dejar las manías ferroviarias de Viktor Kretzschmar.

* * *

El accidente tuvo lugar en 1933, poco después de que Hitler se erigiera como canciller de Alemania. Ninguno de nosotros pudo ver ni escuchar el choque de los trenes, pues éste ocurrió muchos kilómetros más arriba de la garita, en un valle cercano ya a la ciudad de Salzburgo. Quienes luego fueron llamados para atestiguar ante el tribunal ferroviario, describieron sin embargo los hechos con una minucia tal, que todo terminó por adquirir para mí un dejo de inverosimilitud, como si la precisa descripción de las llamas, los vagones destrozados, los cadáveres presos entre hierros candentes y los heridos clamando auxilio en mitad de la llanura hubiesen existido más bien en la desbordada imaginación de los testigos. Durante el juicio, mi padre tuvo que escuchar una a una aquellas descripciones sentado en un banquillo que lo hacía parecer más pequeño de lo que era, como si él mismo hubiese comenzado a metamorfosearse en el guardagujas de plomo que hasta ese día veló por el correcto tránsito de sus trenes de juguete. Había envejecido de la noche a la mañana, pero en lo firme de su mirada y en el oído que prestaba atento a las diatribas de sus acusadores no se proyectaba culpa alguna. Algo más parecía preocuparlo. Se diría que el desastre, supuestamente provocado por su negligencia, le importaba mucho menos que los secretos motivos que le habían dado origen.

En una de las pocas entrevistas que sostuve con él durante el juicio, mi padre me pidió que le hiciese llegar cuanto antes la lista de quienes habían perecido en el descarrilamiento. No fue fácil obtenerla, y cuando al fin pude entregársela, casi me arrepentí de haberlo hecho: mientras leía el recuento de las víctimas, su rostro adquirió una palidez de muerte que a partir de ese día no dejó de acompañarle, sus labios murmuraron para el mundo imprecaciones para mí hasta entonces desconocidas, y sus ojos recorrieron la lista cientos de veces con una rabia ciega, seguramente superior a aquella con la cual, años atrás, había buscado el nombre de Thadeus Dreyer en los recuentos de caídos en campaña. Al final, mi padre redujo la lista a papeles tan diminutos como su maqueta ferroviaria, y me despidió en silencio aguardando sin mucha esperanza el fallo de los tribunales.

Días después el guardagujas Viktor Kretzschmar era condenado a prisión por negligencia criminal. En ese momento me pareció que se cometía la más grave injusticia de la historia, pero algo en mi interior me anunció de pronto que, en realidad, mi padre pagaba así su último y fallido intento por saldar una antigua deuda con sus fantasmas. Ya para entonces mi madre me había confesado al detalle el verdadero origen de su nombre y de su puesto, y no cabía duda de que en aquel intercambio de identidades perpetrado hacía años en un tren rumbo al frente oriental, debían hallarse los motivos del accidente y la justificación de una condena judicial que podía haber sido aún más dura.

Mientras escuchaba el relato desencantado de mi madre, recordé que la tarde previa al accidente mi padre, que había ido a la ciudad con el pretexto de adquirir un catálogo de locomotoras, había regresado a la garita inesperadamente ebrio y se había encerrado toda la noche en el anexo donde guardaba sus maquetas ferroviarias. A la mañana siguiente, después de echar la llave al cobertizo, había vuelto a su trabajo procurando disimular una pesadumbre que se prolongó hasta el momento de cambiar las vías. Durante su calvario en los tribunales mi padre aseguró una y otra vez que un inopinado ataque de asma, secuela de una afección respiratoria que se hallaba oportunamente registrada en sus documentos de identidad, le había impedido llegar a tiempo hasta la aguja para efectuar el cambio de vías. Su argumento, no obstante, había servido de muy poco a la hora de determinar su responsabilidad en la catástrofe, y confieso que tampoco había resultado muy convincente para mí o para mi madre.

Azuzado por las sospechas que habían sembrado en mí tanto las confesiones de mi madre como el fallo de los tribunales, esa misma tarde regresé a la garita, forcé la cerradura del anexo y hallé en su interior la confirmación de mis presagios: en su pequeño universo ferroviario, mi padre había ensayado la catástrofe que le costaría la libertad y el sueño. La locomotora y sus vagones yacían ahora en mitad de la maqueta, sin llamas y sin muertos, pero invocando en su ruina silenciosa el desastre que, por primera y única vez en su vida, Viktor Kretzschmar había logrado reflejar en el mundo real. En el suelo, envolviendo el pequeño húsar de plomo uniformado de guardagujas, hallé una hoja de periódico donde se anunciaba que el teniente coronel Thadeus Dreyer, condecorado con la Cruz de Hierro por sus acciones heroicas en el frente oriental durante la guerra del catorce, viajaría al día siguiente a Salzburgo como invitado especial a un mitin del sector austríaco del Partido Nacional Socialista. Mi padre, al fin, había encontrado al hombre que buscara durante tantos años, un hombre que ahora gozaba de un destino que no le pertenecía y que sólo con la muerte, comprendí, habría podido reintegrarse a su dueño primero.

* * *

No habían transcurrido dos horas de mi descubrimiento en el anexo, cuando mi madre regresó a casa acompañada por quien había de marcar mi vida para siempre. Ese mismo día, por la mañana, aquel personaje amplio e inquietante se había mezclado entre los espectadores del juicio, y allí había permanecido hasta el último momento, aguardando el fallo del tribunal ferroviario con la magnificencia propia de un juez ultraterreno. También mi madre había reparado en él esa mañana, mas no con el recelo con que miramos al extraño que de pronto se inmiscuye en nuestras íntimas tragedias, sino con el gesto inequívoco de quien distingue a un viejo conocido en medio de la multitud. A juzgar por las miradas que entonces le dirigió mi madre, el hombre estaba ahí por derecho propio, casi como si formase parte de la estrambótica escenografía que los hombres habían levantado para juzgar el crimen de Viktor Kretzschmar.

Por mi parte, debo confesar que la providencial irrupción de aquel hombre en el juicio jamás bastó para despojarme por entero de la suspicacia que en mí provocaban su aspecto, sus palabras atildadas y el afán que, a partir de ese día, mostró siempre por dirigir mis pasos de huérfano carcelario.

—El señor Goliadkin es un viejo amigo de la familia —mintió mi madre en cuanto abrí la puerta de la cabaña—. Él nos ayudará a salir adelante ahora que tu padre ha caído en desgracia.

Atribulado aún por mi reciente inspección del anexo, apenas alcancé a musitar algún gemido de bienvenida, menos aún a disimular mi sorpresa cuando el visitante extendió la mano izquierda para saludarme.

—Perdí el brazo en Verdún —me explicó con una sonrisa cenagosa, entre mecánico y divertido, ante la torpeza con que respondí a su saludo.

Mi madre, mientras tanto, se afanaba en preparar una taza de café. Por el momento no parecía dispuesta a darme más explicaciones sobre su invitado ni a comentar el fallo del tribunal. Acaso pensaba que la intromisión del señor Goliadkin en nuestro pequeño mundo de ignominia y desamparo recién estrenados bastaría para clausurar de golpe nuestra vida junto al guardagujas e inaugurarnos una nueva existencia. Y, en cierta forma, no se equivocaba: bajo y regordete como un duende, el señor Goliadkin había tomado asiento y ahora apilaba sobre la mesa una cantidad nada despreciable de billetes.

—Me parece —dijo al fin— que el tribunal ferroviario ha cometido hoy una enorme injusticia con el señor Kretzschmar. Le ruego, muchacho, que acepte esta pequeña muestra de solidaridad.

Sus palabras impregnaron el aire de la cabaña con un relente más parecido a la resignación que a la benevolencia. Era como si su visita, su dádiva y hasta su compasión para con mi padre fuesen parte de un rito asumido a regañadientes, el solemne pago de una antiquísima deuda de juego por parte de un deudor moroso. Mi madre debió de percibir estas dudas cuando vio que yo, petrificado junto a la puerta, no me avenía a aceptar la oferta del señor Goliadkin.

—Tómalos —me ordenó con inusitada autoridad, señalando los billetes que nuestro visitante había dispuesto sobre la mesa—. Ese dinero nos pertenece.

Y diciendo esto puso con violencia una taza de café frente a la mano viuda del señor Goliadkin.

Nunca había visto a mi madre tan ofuscada y, al mismo tiempo, tan segura de lo que decía. Habituado desde niño a sus silencios de mujer sumisa y abandonada por las manías de su marido, sentí que ella no sólo quería dar por cancelada su vida al lado del guardagujas Viktor Kretzschmar, sino que, por alguna extraña razón, estaba efectivamente convencida de que el dinero de nuestro visitante nos pertenecía. Ni entonces ni nunca se preocupó ella por explicarme el motivo de esta seguridad, y creo que hizo bien en no hacerlo. Después de todo, aquella era una parte de su historia que sólo a mí me tocaba desovillar, una historia que, de no haber sido por su discreción, seguramente habría caído en el olvido en el instante mismo en que el señor Goliadkin, musitando con torpeza su invitación a que lo buscase en Viena si algún día pasaba por allí, cerró tras de sí la puerta de nuestra cabaña sin haber probado siquiera un sorbo de café.

Muchas veces, a partir de aquella noche, volví a aceptar los favores del señor Goliadkin, pero en raras ocasiones conseguí estrechar el vínculo que, supongo, debe existir entre un joven de provincias y su generoso benefactor. Aquel hombre adquirió muy pronto la turbadora condición de entrar y salir de mi vida en el instante justo, siempre con la acre brevedad de quien cumple una misión no del todo placentera. En individuos como él persiste infaliblemente cierta torpeza para el disimulo, una flagrante incapacidad para ocultar por completo el carácter artero de sus acciones, aun cuando éstas parezcan benévolas, incluso heroicas. Desde un principio tuve claro que el señor Goliadkin no había puesto aquellos billetes ante mí llevado por la filantropía, mucho menos por la supuesta amistad que le unía a

mis desventurados padres. No obstante, la certeza de
que mis propias razones para salir del paso, acuñadas
poco a poco desde mi fatal inspección del cobertizo de
mi padre, tampoco podían considerarse dentro de los
fueros de la moralidad, me llevó no sólo a aceptar la
ayuda de aquel ángel desconcertante, sino a creer que,
cualquiera que fuese el origen de su misericordia, la justicia divina lo había puesto en mi camino para que yo
pudiese vindicar un día el honor perdido del guardagujas Viktor Kretzschmar.

* * *

Lo primero que pude confirmar tras la visita de Goliadkin y el encarcelamiento de mi padre, fue que el teniente coronel Thadeus Dreyer había cancelado su viaje
a Salzburgo en el último minuto. Nada decían los dia-
rios sobre los motivos que ese día le llevaron a aplazar
su encuentro con la fatalidad, pero yo estaba seguro de
que él, más tarde, debió de considerar esas razones casi
como una señal divina. ¿Quién podría culparle por ello?
Al fin y al cabo, aquella evasión fortuita de la muerte no
podía ser sino el signo inequívoco de que Dios le consideraba digno de un gran destino, una misión inapelable
que mi padre, el verdadero Dreyer, jamás habría llevado
a buen término.

En un principio, pensar que éste habría sido el razonamiento del teniente coronel Dreyer al recibir la noticia del descarrilamiento y la ulterior condena de un tal

Viktor Kretzschmar, me causó un ataque de rabia incontenible. Más tarde, sin embargo, yo mismo comencé a temer que el fracaso rotundo de mi padre fuese efectivamente la confirmación de que, en contadas ocasiones, la fortuna se aviene a corregir sus propios errores y termina por reasignar a sus criaturas el nombre o la suerte que debieron pertenecerles desde el primer día de la creación.

Supongo que también mi padre interpretó su derrota como la divina confirmación de su propia e irrecusable mediocridad, pues desde entonces renunció para siempre a cualquier intento por congraciarse con la vida que le había tocado en turno. Para él, la prisión local terminó por convertirse tan sólo en la fachada del cuerpo al que ahora se sentía definitivamente encadenado. Si antes del accidente su rostro delataba al menos una chispa de ira ilusionada por la venganza, al paso de los años no quedó en él ni la más remota posibilidad de que el pasado o el futuro pudiesen ser revertidos por su mano. Abandonado por mi madre, y acaso un tanto vencido por los fantasmas de quienes había hecho perecer entre los hierros, se hundió paulatinamente en un silencio lerdo y tan pesado, que le encorvó la espalda casi hasta la cintura. De esta forma aislado y deshecho, ni siquiera se inmutó cuando años después le anuncié que, merced a los buenos oficios de su amigo el señor Goliadkin, su nombre había aparecido en una lista de presos políticos amnistiados por el gobierno nazi.

Esto ocurrió a mediados de 1937, sólo cuatro años después del accidente y del triunfo de los nazis en la vecina Alemania. Goliadkin me anunció el excarcelamiento de mi padre a través de un festivo telegrama donde, además, aprovechaba la oportunidad para reiterarme su invitación a que lo visitase en la ciudad, esta vez Berlín, donde me auguraba una carrera venturosa al lado de ciertas personas que se mostraban muy interesadas por conocerme. A aquella sazón, yo había ahuyentado casi por completo la idea acomodaticia de que la suerte de mi padre podía ser un merecido castigo a su mediocridad y, en consecuencia, había comenzado a alimentar de nueva cuenta mi sorda intención de cobrar a Thadeus Dreyer el crimen de haber sobrevivido. La ruina física y mental del guardagujas Viktor Kretzschmar, olvidado hasta de sí mismo en la oscuridad de su celda, había excavado en mi ánimo un gigantesco pozo que ahora imantaba todas mis razones, toda mi energía vital. Por eso, antes que debilitarlos, el telegrama del señor Goliadkin vino justo a tiempo para reafirmar mis propósitos, pues incluso la liberación providencial de aquella ruina humana en la que se había convertido mi padre me pareció entonces una burla, una provocación por parte de aquellos seres opulentos que, como Goliadkin o el propio Dreyer, se sentían aún con derecho a manipular arbitrariamente el destino de los humillados. Bien podía mi oscuro benefactor servirse de mi padre para satisfacer sus delirios de grandeza, mas yo no estaba dispuesto a someter también mis decisiones a su afán justiciero. Allá él si se empeñaba en ayudarnos. Yo me ocuparía muy bien de que su ayuda obrase solamente para llevar a buen término la rebelión que alguna vez mi padre había comenzado contra hombres como Thadeus Dreyer.

* * *

Siempre supe que no me sería fácil llegar hasta Thadeus Dreyer, pero nunca imaginé que su suerte sería tal como para que la historia misma del siglo acabara por protegerle. Ese año, amén de los trastornos mayúsculos que le había acarreado el triunfo inesperado de los nazis, Berlín me recibió con la noticia de que el antiguo contrincante de mi padre había obtenido el grado de general y que, para colmo, se contaba entre los más cercanos colaboradores del mariscal Goering. Nadie supo decirme con certeza cuál era su papel en el alto mando del Reich, pero a juzgar por lo errátil de sus apariciones en público y lo ambiguo de sus nombramientos, estaría al mando de alguno de esos proyectos de alta seguridad con que Goering desquitaba la confianza del Führer. Algunos oficiales, a quienes pude conocer en seguida por mediación del señor Goliadkin, hablaban de Dreyer con evasivas, como si se tratara de un superior al mismo tiempo poderoso e incómodo, un austríaco advenedizo cuyo ascendente sobre los designios del mariscal Goering y aun del propio Führer era, también para ellos, inexplicable. Goliadkin, por su parte, alegaba en su defensa que su propia relación con los nazis se limitaba, como la de muchos hombres de negocios en aquella época, a unos cuantos vínculos más económicos que políticos. Por eso, dijo, lamentaba no poder ayudarme en una pesquisa que, por lo demás, le parecía tan extraña como injustificada.

—Si tanto le interesa la milicia —me sugirió sin afán en una de las pocas entrevistas que pude sostener con él—, le sugiero que se aliste usted de inmediato en el ejército y se afilie cuanto antes al partido.

La propuesta no era del todo insensata, y era evidente que mi benefactor contaba con los medios necesarios para hacer que mi carrera militar comenzase de manera más que conveniente. Su despacho estaba siempre repleto de jóvenes provincianos que, como yo, seguramente aguardaban la señal de aquel mecenas de la juventud germana para vestirse con sus mejores galas y presentarse de inmediato en la guarida de algún oficial con demasiadas deudas como para negarle nada a los recomendados del poderoso señor Goliadkin. Curiosamente, nunca volví a toparme con aquellos jóvenes ansiosos, pero estaba seguro de que nuestro benefactor habría sabido colocarlos en el seno del Reich con la omnipotencia propia de quienes controlan a placer los hilos de la humanidad.

Así y todo, en un principio procuré seguir sólo en cierta parte el consejo del señor Goliadkin. La milicia en ese momento me resultaba poco menos que despreciable. Además, aquél era un ambiente en cierta forma hostil para un ciudadano de Austria y, quizás, demasiado lento en su escalafón como para permitirme algún día acceder por esa ruta al general Dreyer. De modo que me limité a afiliarme a las juventudes del

Partido Nacional Socialista a la espera de que pronto, por algún otro camino, se me presentase la oportunidad que tanto ansiaba.

Años después comprendí que en realidad hubiera dado exactamente lo mismo emprender desde un comienzo mi carrera en el ejército del Reich. Esto lo digo no sólo por el hecho evidente de que, a la postre, cualquier carrera en aquella nación terminó por convertirse en una carrera militar, sino porque el general Thadeus Dreyer, transformándose de perseguido en perseguidor, me habría encontrado más temprano que tarde. Mi enfrentamiento con él no era cuestión de tiempo ni dependía de las decisiones que yo creyese tomar en ejercicio de una libertad que siempre tuvo algo de espejismo. Sin yo saberlo, mi papel en esos años se limitó a recorrer un laberinto cuyas compuertas se abrían o se cerraban ante mí para conducirme exactamente hacia donde otros querían llevarme. En suma, durante esos años gocé de tanta libertad como puede tenerla un roedor que, embrutecido, recorre una desquiciante maqueta del cosmos.

Mis días en el Reich, alternados con una fulgurante trayectoria en el Colegio de Ingenieros Ferroviarios, discurrieron para mí con el vértigo característico de aquellos tiempos. Es verdad que nunca dejó de apretarme el ansia de llegar hasta el general Dreyer cuando se presentase la oportunidad, mas confieso que en ciertos momentos llegué incluso a olvidar los términos precisos con que debía regir cada uno de mis actos. Nada había entonces en Berlín tan fútil como un motivo personal, cualquiera que éste fuese. Incluso la memoria de los individuos concretos terminaba por fundirse en el bloque inmenso de un futuro común y grandilocuente donde hombres como mi padre ya no tendrían que preocuparse por sus mezquindades, menos aún por la legitimidad de un nombre que se disolvería en el entusiasmo de multitudes anónimas y felices. Semejante perspectiva podía deslumbrar a cualquiera, pero a veces, cuando me descubría obnubilado en mitad de un mitin o un desfile, el clandestino resorte de mis motivos para estar ahí, ajenos y aun contrarios a las del partido que me abrigaba, me exigía un retorno desgarrador a la cordura o al recuerdo concreto y desastrado de mi padre. Entonces volvía a casa con un nudo en la boca del estómago o simplemente me sumergía en interminables borracheras que ayudaban muy poco a reparar el daño que en mí, como en tantos otros, infligía aquella lucha sin tregua entre la masa exultante y el alma irrepetible de cada hombre.

* * *

Quiero pensar que fue el ajedrez lo que en cierta medida me salvó de disolverme en la locura o de abreviar con un disparo en la sien la larga espera de mis días berlineses. Ciertamente habían pasado muchos años desde la última lección ajedrecística de mi padre, pero pronto descubrí que no sólo me quedaban aún los recursos necesarios para integrar una defensa digna sobre el tablero, sino que ahora podía encontrar en el juego un placer que hasta ese momento me resultó por entero desconocido. De la noche a la mañana, comprendí que mi inicial torpeza en el ajedrez se debía más bien a la violencia con que éste me había sido enseñado. Las manías y el encono del guardagujas Viktor Kretzschmar se habían filtrado en sus lecciones hasta hacerme creer que los secretos de aquel juego, al que él concedía tanta importancia, me estaban vedados desde el nacimiento. Ahora, en cambio, el ajedrez me ofrecía la invaluable posibilidad de ejercitar mi razón maltrecha y reintegrar con ella el ser que, día tras día, amenazaba con fragmentarse en medio de la multitud enardecida. Frente al tablero, incluso el espectro de Dreyer me parecía inofensivo, y el mundo entero desfilaba para mí como si, por un instante al menos, hubiese yo dejado de existir entre los hombres para dármelas de un dios solitario cuya libertad era tan amplia como infinitas eran las posibilidades de perpetrar un jaque al rey.

Curiosamente, nadie como Goliadkin se mostró más entusiasta con mi vuelta a los arcanos territorios del ajedrez. Mis otras decisiones y tumbos por la vida solían dejarle indiferente, casi como si se tratara de predecibles acotaciones en un drama cuyo desarrollo conocía de memoria. Con el ajedrez, en cambio, su interés fue en tal forma desmedido, que llegó a resultarme incómodo. En cuanto comencé a desplazarme entre clubes y justas ajedrecísticas, el señor Goliadkin tuvo a bien convertirse en testigo riguroso de mis triunfos y mis derrotas frente al tablero. Se presentaba infaliblemente en los salones a la hora de iniciar la partida y allí permanecía, mudo y atento, como en el juicio de mi padre, anotando con su eterna mano izquierda cada una de mis jugadas, aprobando con la cabeza el anuncio de mis jaques o disimulando una mueca de disgusto cuando atestiguaba la pérdida de mi reina. Estaba claro que mi benefactor conocía escasamente los secretos del ajedrez, y aun algunas de sus reglas más rudimentarias. Sin embargo, seguía mis progresos con entusiasmo de diletante. Y si bien solía marcharse antes de que yo pudiese saludarle, me dejaba siempre con la sensación de que la partida había sido escenificada exclusivamente para él.

Al cabo de unos cuantos meses había hecho enormes progresos en mi juego, y llegué a jactarme de que no había entonces en Berlín un solo maestro ajedrecista que, siquiera una vez, no hubiese sucumbido a mis embates.

—Todos menos uno —me provocó cierto día el señor Goliadkin en cuanto tuvo noticia de mis alardes, y añadió a esto que, si ése era mi deseo, lo arreglaría todo para incorporarme al club ajedrecístico de Reiynhard Heydrich, cuyo más diestro y asiduo comensal era el propio Thadeus Dreyer.

Aquello bastó para devolverme súbitamente a la realidad. Hasta ese día, Goliadkin no había dado muestras de conocer los secretos motivos que, en otros tiempos, me habían movido a preguntarle por Dreyer. Pero ahora no cabía duda de que los había conocido siempre y que, además, los había favorecido con paciencia como si él también, por una razón que estaba más allá de los nexos que pudieran unirle a mis padres, hubiese estado esperando el momento justo para favorecer un encuentro que no podía terminar, como quisiera el guardagujas Viktor Kretzschmar, con un burdo asesinato, sino precisamente ante un tablero de ajedrez.

Ese día experimenté hacia el abstruso señor Goliadkin un respeto y una admiración rayanos en la amistad. De pronto me sentí vinculado a él por el propósito común de despeñar en la ignominia al general Thadeus Dreyer. Cualesquiera que fuesen sus razones para humillarlo, ahora él contaba conmigo para conseguir sus propósitos. No me molestó entonces pensar que aquel hombre había dirigido mis pasos llevado por algo más que la benevolencia. Con variantes para mí desconocidas, su objetivo era el mismo que el mío, y él había comprendido antes que yo que mi venganza no se habría cumplido a cabalidad con un magnicidio, sino con la aniquilación total de mi enemigo mediante su pública humillación en una partida de ajedrez similar a la que, en otros tiempos, le había servido a él para usurpar la suerte de mi padre.

* * *

Poco duró mi entusiasmo respecto de las supuestas intenciones de Goliadkin, pues cierta noche descubrí que ni siquiera él había sido el legítimo detentador de mi destino. Esta iluminación surgió de un encuentro casual, de esos que tachonan la existencia de los hombres que, como mi padre y yo mismo, parecen destinados a no ser quienes rijan el ariete de sus vidas.

En un pequeño suburbio de Berlín, donde había ido a parar durante una de mis tumultuosas francachelas con las juventudes hitlerianas, me encontré de pronto abandonado por mis compañeros en un café de mala muerte donde reinaba un aire en verdad lúgubre. Afuera caía a plomo una lluvia fangosa e intransigente, y decidí que sería mejor esperar a que los vapores del alcohol tomasen asiento para no arriesgarme a desaparecer en la borrasca como uno de tantos viejos bebedores que recibían la alborada berlinesa congelados junto al arroyo. Recuerdo vagamente que el lugar donde me hallaba parecía una descomunal caja de fósforos, una casa como cualquier otra de las que antaño solía visitar en mis escapadas universitarias. Reinaba ahí un olor a cerveza y maquillaje, como un tapiz de soledades indispuestas sobre un mostrador donde, a aquellas horas, sólo servían una especie de aguardiente rebajado. Me encontraba ahí como se encuentra un náufrago que horas antes se creía levantado en la cofa de un bergantín sin saber por qué ni en qué momento tuvo lugar la ruina de su embarcación.

De pronto, a través de la ventana, vi pasar dos siluetas que se detenían en la esquina más próxima y entablaban una pausada conversación indiferentes ante la arremetida de la lluvia. La penumbra no me permitía distinguir más que los contornos de aquellas figuras, cuyo único rasgo inequívoco era un aire castrense que de inmediato me hizo pensar en dos oficiales enfrascados en una charla secreta, incluso subversiva. Cierta incomprensible curiosidad me movió entonces a salir·del garito y acercarme a ellos. Uno de ellos, recio y espigado como un vikingo, me daba la espalda, mientras que el otro, más bajo y atonelado, escuchaba sus palabras con la evidente sumisión de un subalterno. Las facciones difusas de este último, las pocas palabras que alcancé a escuchar en respuesta a su interlocutor y sus ademanes de viejo ordenanza despertaron en mi mente un recuerdo que al principio me resultó impreciso, pero que pronto terminó por delinearse ante mis ojos con absoluta nitidez: definitivamente, aquel hombre no podía ser otro que el señor Goliadkin. Aún hoy perdura en mi memoria la vaga sensación de desasosiego que ese encuentro obró en mi espíritu medianamente alcoholizado. En otras circunstancias no habría dudado en acercarme a mi benefactor dispuesto a agradecerle una vez más sus incontables favores y, acaso, aprovechar la ocasión para solicitarle que me presentase a su compañero, cuya sola apariencia bastaba para entender que se trataba de un importante miembro del ejército del Reich. Pero algo en aquellas sombras huidizas y empapadas me impidió abordarlas. Una vaga intuición, uno de esos instantes de fugaz lucidez que a veces nos marcan con la estridencia de un relámpago, me dijo que el azar no me había conducido aquella noche hasta el señor Goliadkin para abrumarle con mi agradecimiento, sino para revelarme que nada en esta vida ocurre con la gratuidad que solemos achacarle.

En efecto, no había acabado de ubicar a Goliadkin cuando éste debió de intuir mi presencia a unos cuantos pasos de donde se encontraba. Un corte inopinado de voz, un gesto mínimo a su interlocutor hicieron que éste último mirase sobre el hombro y me ofrendase al fin su entrecejo húmedo, la fisonomía precisa y acaso prematuramente avejentadas del general Thadeus Dreyer. Sé que ninguno de ellos pudo reconocerme en la penumbra de esa noche, pero mi intromisión en su diálogo clandestino debió de sembrarles una inquietud tanto o más plena que la que ellos acababan de provocar en mí. Creyéndome acaso un espía de los muchos que en esos tiempos pululaban en las calles Berlín, ocultaron enseguida sus rostros en el caparazón de sus abrigos y penetraron en la oscuridad con pasos largos y apresurados.

Cómo había ido a parar el señor Goliadkin en manos de Dreyer fue lo primero que me pregunté mientras caminaba de vuelta a casa. Me parecía un despropósito que ambos hombres, detentadores de dos hilos en apariencia tan dispares de mi existencia, pudiesen siquiera aproximarse para figurar en una misma escena. Si el señor Goliadkin no había sido más que un instrumento del usurpador del destino de mi padre, entonces cada uno de mis logros debía ser considerado como una humillante y, por lo mismo, inaceptable vindicación de la culpa por parte de Dreyer. O peor aún, quizás entonces la sugerencia de mi benefactor de que, en vez de matarle, retase a Dreyer a una partida de ajedrez, habría sido una forma sutil de reducir al potencial asesino de su patrón al alarde de un muchacho rencoroso que, seguramente, dejaría de asediarle cuando fuese derrotado de manera definitiva por el general, para quien esta segunda humillación de los Kretzschmar sería una forma de confirmar que su propio nombre y su destino heroico eran una señal divina.

Por otro lado, pensar que la relación entre Dreyer y el señor Goliadkin era un asunto casual, ajeno por completo a los vértigos de mi carrera, tampoco obró mucho para tranquilizarme. Al cabo de unos días comprendí que no era esa inopinada unión de contrarios lo que en realidad me estaba descabalgando el juicio, era más bien la vaga certeza que la visión del rostro de Dreyer, contemplado hasta ese día en fotografías difusas o en mítines multitudinarios, había provocado en mí. De aquel encuentro en la noche berlinesa, perduraba irremisiblemente un rostro cuya armonía de pronto me había resultado demasiado familiar, demasiado sospechosa. Ese perfil, un tanto menos ajado, esa mirada ligeramente estrábica y esa cabellera que ahora comenzaba a encanecer, los había escrutado yo miles de veces ante el espejo. Ahora los rasgos del general Thadeus Dreyer me eran dados con la mortificante insistencia de un retrato de mi propio futuro, no el que mi padre hubiera querido para mí, sino aquel que, indefectiblemente, llevamos inscrito todos los hombres desde el instante mismo de nuestra concepción, una suerte que perdura hasta el último día de nuestras vidas.

Quizás la idea de que Dreyer pudiera ser mi padre fue en un principio demasiado abrumadora como para merecer el crédito de una certeza. El tiempo, empero, terminaría por darle esa categoría, no sé ya si para mi desgracia o para mi salvación.

* * *

Nuestras tropas invadieron Polonia en otoño de 1939. La guerra había vuelto al continente, pero las cosas discurrían con el vértigo de lo inédito, como si todo aquello estuviese ocurriendo por primera y única vez en la historia. Una algarabía de marchas, estandartes y metales opacaba el ceniciento espectáculo de miles de hombres orientados como uno solo a la inmolación. En el contingente austríaco del ejército del Reich reinaba un entusiasmo sin límites, y no puedo negar que yo mismo, olvidando por un momento cuánto aborrecía todo aquello, me dejé llevar por la tempestad.

Tras mi desencuentro en los suburbios berlineses, había podido constatar que mi benefactor era en realidad un fiel ordenanza del general Thadeus Dreyer. Al parecer, ambos hombres se habían conocido y luchado juntos en el calamitoso frente de los Balcanes, durante la guerra del catorce, y a partir de entonces Goliadkin había acompañado a quien volviera del frente para recibir aquella Cruz de Hierro que mi padre siempre creyó merecer. Era, pues, indudable que Dreyer estaba al tanto de mi existencia o, mejor dicho, que ésta prácticamente le pertenecía como en otros tiempos lo había hecho la de mi padre. Confieso que en un principio no

51

dudé en aborrecerle por tan audaz apropiación de mi destino, pero en los meses que transcurrieron entre aquel descubrimiento y la ocupación de Polonia me vi invadido por un paulatino extravío, un estruendoso choque de sentimientos que finalmente me llevó a convencerme de que Dreyer, arrepentido de su impostura, había resuelto resarcir a su manera el desastre del guardagujas Viktor Kretzschmar. Aquella, una vez más, era una idea ramplona y acomodaticia, una especie de pusilánime autojustificación por no llevar mis propósitos vindicativos hasta sus últimas consecuencias, pero esa convicción me ayudó a hacer más llevadero un vacío que, en esos tiempos donde todo parecía dirigido hacia una febril caída en el abismo, amenazaba seriamente con despojarme del último asidero que me quedaba en la vida. La transformación que había comenzado a insinuarse en mi alma terminó por presentarse en hechos que poco a poco sacaron a la luz una cierta desesperanza, una gris indecisión que, de alguna manera, parecía encaminada a confirmarle al mundo entero que yo, no obstante mis sospechas de que Dreyer era algo más que mi enemigo o protector, merecía más bien ser el hijo del derrotado guardagujas Viktor Kretzschmar.

Mi madre había muerto de sífilis hacía unos cinco años sin darme tiempo siquiera para asistir a su entierro. Mi padre, por su parte, se consumía en un asilo de Francfort, incapaz de reconocerme, no digamos de apreciar mis precarios esfuerzos por devolverle la paz perdida. En tales circunstancias, un letal enfrentamiento con Thadeus Dreyer no habría sido ya un ajuste de cuentas del hijo de Viktor Kretzschmar con el suplantador de su padre, sino una inmolación personal donde ahora la ruina del guardagujas habría pasado a un segundo término. Con todo, mi fugaz encuentro con el general y su ordenanza en la penumbra berlinesa me había despojado abruptamente de cualquier deseo de reprocharle nada. El odio, aquella fuerza motora que había dirigido cada uno de mis actos en los últimos años, se vio de pronto desplazado por una total indiferencia ante los hombres y los hechos, y pensé que ahora sólo me restaba buscar en Polonia la fatalidad que habría aguardado a Viktor Kretzschmar en el frente oriental. De pronto sentí que era mi deber adentrarme en esta nueva guerra esperando que un tirador paciente, oculto en la espesura de los bosques eslavos, me aniquilase enseguida con un disparo certero y destrozase luego mi cuerpo bajo una lluvia de escupitajos. Sólo así arrancaría a Thadeus Dreyer la vida que él mismo había reconstruido mediante los buenos oficios de Goliadkin, llevado no sé si por su escrúpulo o por un ahincado afán de vivir, él también, una existencia a la que había renunciado hacia años en un tren con destino a las trincheras orientales. Pensar entonces en una partida de ajedrez contra Dreyer me pareció casi una frivolidad, un empeño absurdo donde, cualquiera que fuese el resultado, yo habría salido perdiendo. Mi muerte, en suma, mi muerte estúpida y cobarde en una guerra no menos insensata, sería la única manera de cobrarle a Dreyer todas y cada una de sus infamias.

El impostor de mi padre, no obstante, debió de intuir de algún modo los axiomas de mi lógica suicida, pues se las ingenió para adelantarse al negro oficio de la muerte. Todavía hoy quiero pensar que aquel segundo encuentro con Dreyer no fue tan casual como él quiso hacerlo parecer en un principio. Y aunque a veces sospecho que fue efectivamente la suerte, no así el obrar maquiavélico de aquel hombre o del señor Goliadkin, lo que terminó por enfrentarnos, pienso que a esas alturas cualquier giro del destino, por extraño que fuese, tenía para mí inscrito el nombre de Thadeus Dreyer.

Escasas semanas después de que las tropas del Reich se acantonaran finalmente en Polonia, me vi emplazado al frente con un grupo de apoyo técnico a las tropas de ocupación. Durante algo más de tres meses, sin conocer los verdaderos motivos para ello, había colaborado de manera significativa en el diseño de una prolija cartografía ferroviaria de la frontera germano-polaca encaminada, según supe más tarde, a hacer más contundente la primera gran ofensiva militar del Führer. Ahora debía ocuparme del ingrato trabajo de establecer las bases para reconstruir algunas ferrovías que agilizarían el traslado de materiales y prisioneros a campos de trabajos forzados que nuestros efectivos habían comenzado a construir en Polonia. Debí intuir que aquellas funciones, descritas en mi orden de emplazamiento con burocrática frialdad, encerraban en el fondo una ominosa carga de sangre que parecía haberse acumulado entre nosotros desde la firma del Tratado de Versalles en 1919. Para mí, sin embargo, someter mis conocimientos ferroviarios a ese o cualquier otro objetivo era algo por completo indiferente. En esos tiempos los rostros, los nombres y los destinos se hallaban en tal forma disueltos en el anonimato de la multitud en armas, que habría sido inútil pretender que la vorágine de la historia podría detenerse ante el parecer de los individuos que pisoteaba en su caótica desbandada. Yo presentía que aquella nueva conflagración estaba sobre todo encaminada a reiterar mi propia incapacidad para liberarme de la sombra de mi padre y escapar yo mismo fuera de una fotografía donde también mi destino había quedado impreso de por vida.

La suerte, con todo, nos sorprende a veces con vuelcos que no es posible evitar. Se trata de jugarretas que nos presenta para que no nos entreguemos completamente a la pasividad, o para que, quizás sólo por un momento, disfrutemos la ilusión de que también nosotros tenemos acceso a los hilos que mueven nuestro devenir. Esa lección la recibí en 1941, precisamente durante mi estancia en Polonia. Todo estaba prácticamente listo para la Operación Barbarroja, y sólo me restaba esperar que una orden de mis superiores me hiciese cambiar el compás de ingeniero por el fusil. Un amigo que había hecho en el partido, y que ahora trabajaba como fotógrafo del alto mando alemán, me había invitado a supervisar los avances del campo de prisioneros de Treblinka. Acepté, encantado de liberarme de la insulsa espera de ir al frente, asunto que me suscitaba una ansiedad muy parecida a la de un condenado a muerte que ansía el amanecer para subir al cadalso. En poco más de dos horas un tren blindado nos conduciría al campo sobre las vías que yo mismo había ayudado a diseñar. Allá nos recibiría el comandante de Treblinka en una tertulia que se auguraba poco menos que orgiástica.

Fue así cómo de pronto, ayudado por los privilegios de mi recién estrenado rango de teniente, me vi al fin en un suntuoso vagón de fumadores atestado de damas enguantadas y oficiales de gran tono. Lejos de entusiasmarme, aquella escena extraída de ensoñaciones infantiles que creía olvidadas, adquirió de súbito el aire descoyuntado de una pesadilla. Recuerdo que hacía allí un calor pegajoso, discordante con el invierno que se había abatido ya sobre el territorio polaco como un anuncio de la catástrofe de nuestras tropas en Stalingrado. Sentado junto a mí, mi amigo limpiaba las lentes de su cámara fotográfica con una morosidad equiparable al sueño de los lagartos.

De repente, una carcajada franca y sonora nos hizo mirar hacia el fondo del vagón. Desde allí se dirigía hacia nosotros un enorme oficial vestido con uniforme de gala. Alto, de espaldas ligeramente amplias y ese aire de complacencia que sólo puede verse en los veteranos de guerra, el general Dreyer presentaba a la luz del mediodía esa nobleza convencional pero inconfundible de quienes logran mantener el control de sus gestos merced a la disciplina más estricta. A medida que se abría paso entre los demás pasajeros, su aspecto se volvía más imponente. Detrás de él trastabillaba el señor Goliadkin, quien me dirigía una sonrisa entre festiva y avergonzada por el encuentro que estaba a punto de verificarse. Finalmente llegaron hasta nosotros como si hubiesen surcado un mar de sargazos. Dreyer me saludó con una familiaridad tal, que debió de parecer descarada aun al propio señor Goliadkin.

—Salud, ingeniero. Hace tiempo que tengo deseos de conocerle. Mi ordenanza me ha hablado mucho de usted —y se sentó frente a mí sin aguardar respuesta. Luego, en voz baja, ordenó a mi compañero de viaje y al señor Goliadkin que tomasen unas copas a nuestra salud, pues tenía que arreglar algunos asuntos pendientes conmigo.

Una vez solos, el general Dreyer se congratuló de tener la oportunidad de charlar con un austríaco en un viaje tan prusiano. Luego, sin inmutarse ante mi indiferencia, se despojó de su guerrera, guardó silencio unos segundos y musitó:

—Kretzschmar... En la guerra del catorce conocí a un guardagujas de Galitzia con ese nombre. Excelente ajedrecista, por cierto.

Había pronunciado aquellas palabras con una cordialidad que me pareció confrontatoria. Dreyer tenía esa curiosa manera de pronunciar las vocales que caracteriza a los hombres que han pasado demasiado tiempo en demasiadas partes del mundo hasta perder cualquier acento, como si de pronto se hubiesen convertido en ciudadanos de esa provincia fantasmal que se extiende desde Finlandia hasta Trieste. Mientras hablaba, distendía sus inmensas manos sobre la mesa. Era como si se estuviese preparando para interpretar, sobre un piano imaginario, una agreste obertura cuyo único escucha tendría que ser yo. Con sólo oír aquella alusión a mi padre sentí que sus palabras eran una elipsis tan ofensiva como innecesaria. Por un momento estuve a punto de exigirle que descubriese sus propósitos de una vez por todas, pero me detuvo la súbita sensación de que aquellos preámbulos y aquella ironía eran casi una parte necesaria del pequeño rito sacrificial que ambos estábamos protagonizando.

—Mi padre, general —mentí al fin con la única verdad que podía ofrecerle a mi interlocutor—, no era de Galitzia, sino del Vorarlberg.

Dreyer dibujó un brevísimo gesto de asombro que no llegó a conmoverle, luego sonrió como si comprendiese mi sarcasmo, y agregó que él también había nacido en el sudeste austríaco, aunque lamentablemente no recordaba haber conocido allí a ningún Kretzschmar.

—Tal vez —agregué pensando que con ello terminaría aquel estúpido intercambio—, será acaso porque mi padre abandonó muy pronto la región. Desde finales de la guerra trabajó como guardagujas en la línea Múnich-Salzburgo.

La sonrisa indolente del general Thadeus Dreyer se abrió en una cordial carcajada que luego disolvió en el humo de un cigarrillo que acababa de encender.

—Ah, la comarca salzburguesa —replicó con un falso aire de ensueño—. Magnífico lugar, ingeniero. Las mujeres más bellas del Imperio florecían allí en docenas. Usted es muy joven para saberlo, pero al terminar la guerra aquel lugar se convirtió en una escala obligada para nosotros.

Al oír esto sentí que el mundo entero me daba vueltas en la cabeza. La sombra de Thadeus Dreyer se había adentrado en mi ánimo como un pequeño demonio furioso, y él ni siquiera me había concedido el privilegio de saber si en sus palabras se encerraba la confirmación temida no sólo de mi propia bastardía, sino la posibilidad de que aquel hombre, de la misma manera en que había dispuesto la excarcelación de mi padre, hubiese seguido mis pasos y me hubiese ayudado en todo momento. En ese instante me hubiera gustado situarme con él frente a un espejo y desentrañar cada uno de nuestros rasgos, los mismos rasgos que mi padre habría visto repetirse en mí año tras año. Cada uno de los acontecimientos de mi vida volvió a tomar la proporción de un plan controlado por un cerebro lejano: el dinero que traía mi madre a casa cuando volvía de Salzburgo mientras mi padre gastaba sus sueldos en su manía ferroviaria, la excarcelación, mi rápido ascenso por los escaños del Partido Nacional Socialista, la facilidad con que pude concluir mis estudios de ingeniería, todo sucumbió entonces a las leyes estrictas de la conspiración que Thadeus Dreyer, con la ayuda de Goliadkin, habría fabulado contra sí mismo o contra mi padre. Y sentí rabia, una rabia paralizante que no iba dirigida contra el general, sino contra mí mismo, contra mi incapacidad para culparle de nada, rabia por mi inopinado impulso de sentirme agradecido hacia él, incluso emocionado por la posibilidad que ahora me ofrecía de deberle íntegra mi suerte, y acaso mi existencia, a un hombre que había logrado lo que mi padre, marcado por el estigma de los mediocres, nunca habría podido ofrecerme. Rabia ante la memoria de mi madre, a quien siempre había considerado víctima de la mediocridad de Viktor Kretzschmar, quien año tras año la preñaba y despreciaba para enviarla a sabe Dios qué oscuras calles de la ciudad en busca de sustento y de la enfermedad que la había matado. Creo que ningún hombre en mi lugar habría sido capaz de poner un mínimo orden a semejante borrasca de sentimientos. Dudo mucho que haya podido entonces disimular mi confusión, pero casi me pareció reconocer en mi interlocutor un tosco guiño de reconocimiento, como si él también hubiese esperado muchos años para dejar a este hijo suyo, auténtico o espurio, en un caos necesario, poco menos que obligatorio.

Debieron de pasar escasos segundos desde las últimas palabras del general Thadeus Dreyer y mi esfuerzo sobrehumano por readquirir cierta compostura. El tren de mis ensoñaciones infantiles seguía su marcha pausada hacia Treblinka, repleto de humo y oficiales a quienes les importaba muy poco la conversación entre un incipiente ingeniero ferroviario con un viejo militar. Pronto llegaríamos al túnel de Nagosewo, donde quizás no me costaría ningún esfuerzo aprovechar la oscuridad para disparar sobre Thadeus Dreyer. Pero esta vez las cosas se presentaban de otra manera, no porque tuviesen externamente ninguna disparidad con mis planes, sino porque yo mismo ahora me sentía incapaz de saber por qué motivo le había buscado tanto tiempo para hacerle frente. Entonces, sólo se me ocurrió extraer de mi

maletín el pequeño y descascarado tablero de ajedrez
que había encontrado hacía años entre las posesiones de
mi padre. El general recibió aquel anuncio con una sonrisa afectada y estableció los términos de la apuesta en
semejanza con los que él o mi otro padre debían haberlo
hecho hacía décadas: si él me vencía, yo tendría que someterme por entero a sus designios. Si yo ganaba, entonces él se levantaría la tapa de los sesos antes de llegar
a Treblinka.

—Ya sabe usted, señor mío —me dijo colocando las
piezas sobre el tablero y sin perder un instante su sonrisa paternal—, que me gusta hacer apuestas donde todos salimos ganando.

Yo me limité nuevamente a asentir con la cabeza y,
mientras el tren se aproximaba al túnel de Nagosewo,
remplacé uno de mis peones por el pequeño húsar de
plomo que Viktor Kretzschmar, en otros tiempos, había
decorado con los colores que ostentaba su raído uniforme de guardagujas.

II

DE LA SOMBRA AL NOMBRE

Richard Schley
Ginebra, 1948

Al principio, cuando lo vi descender del tren junto con los demás refuerzos del frente ucraniano, yo no tenía por qué saber que Jacobo Efrussi, mi antiguo compañero de juegos y penurias en las afueras de Viena, había cambiado su nombre por el de Thadeus Dreyer. Es verdad que en aquel octubre de 1918 el frente austríaco en los Balcanes comenzaba ya a convertirse en un auténtico pandemonio donde lo más sensato era renunciar no sólo al propio nombre, sino a todo aquello que conforma la identidad de los seres condenados a morir, pero esa tarde yo estaba aún muy lejos de poder apreciar las bondades lenitivas del anonimato en plena guerra. Supongo que por eso juzgué como un hecho tranquilizador la irrupción de un rostro conocido entre los miles de facciones imprecisas que, a lo largo de las últimas semanas, había visto descender en la estación de Belgrado con destino a las trincheras en Serbia.

Hacía menos de un mes que el padre Ignatz Wagram, emplazado para dar auxilio espiritual a nuestras tropas en los Balcanes, había vuelto a mi seminario en busca de un novicio que lo asistiese en tan ingrata misión. Su arenga fue pronunciada durante un oficio de vísperas, pero de inmediato quedó claro que sus palabras iban sólo dirigidas a mí. Después de todo, yo era algo así como su hijo espiritual, y era lógico que me dispusiese a seguirle en lo que él consideraba la digna culminación de cualquier vida consagrada al servicio de los desheredados. El padre Wagram tenía un peculiar sentido del sacerdocio que en ocasiones lo llevaba a hablar de la investidura como de un segundo nacimiento, una especie de nuevo bautismo para el cual el novicio debía ser despojado íntegramente de su historia a fin de adquirir la identidad definitiva que le había sido asignada desde el nacimiento. Ningún recuerdo, ningún resabio debía manchar la tabla rasa mental de los ungidos si éstos querían un día inscribir en sus almas el signo indeleble del crisma sacerdotal. A menudo, esta convicción le hizo tratarme con extrema dureza, pero sé que en el fondo su actitud estuvo siempre orientada a llevarme por el camino de las almas errabundas que de pronto han recibido una nueva oportunidad para enmendarse en el martirio. En cuanto lo vi ingresar en la capilla del seminario con su distintivo negro y sus dos estrellas de hilo sobre la sotana, creí entender hasta dónde llegaban los límites de su fe, y por eso no tuve más remedio que ofrecerme como voluntario para ayudarle en aquella misión suicida que también yo, en ese momento, consideré como una vía inapreciable para empezar a ser alguien en una guerra donde tanto los hombres como las naciones se esmeraban en no ser nada ni nadie.

Con todo, habían sido suficientes dos semanas en el campamento de Karaschebesch, a orillas del Danubio, para que yo mismo comenzara a dudar seriamente de lo acertado de mi decisión. En cuanto llegó a las trincheras, el padre Wagram murió en plena misa de campaña destrozado por un obús que no dejó de él ni del altar más que un montón de tela sanguinolenta. Días más tarde alguien pintó en su tumba un sarcástico letrero que decía:

> *A ti te ha sorprendido lo que debía tocarnos*
> *Tú nos prometiste el Reino de los Cielos*
> *Pero el cielo cayó sobre tu cabeza.*
> *Donde berreabas, ahora yacerán tus huesos.*

Ante mi insistencia, la Capitanía General había asignado al brigada Alikoshka Goliadkin, de la Oficina de Servicios, para desenmascarar a los autores del sacrílego poema. Pero nadie, ni siquiera los oficiales más devotos, parecieron nunca interesarse por los resultados de una investigación que al cabo fue relegada al olvido. Por lo que toca a la curia de Viena, también ésta mostró un abierto desinterés en reemplazar al padre asesinado, de modo que pronto vi pasar mis horas denegando extremaunciones o allegándome, por los medios más insospechados, hostias consagradas en la retaguardia por algún reticente sacerdote. Si en otros tiempos el difunto padre Wagram había conseguido arrebatarme el pasado en aras de nuestra fe, ahora su ausencia me arrojaba en brazos de una segunda y más desoladora orfandad, un estado de absoluta indefensión donde tampoco el presente podía otorgarme la consistencia que cualquiera necesita para sobrellevar la vida. La incertidumbre y el vacío más radical comenzaron a plagar mi ánimo como un cáncer incontenible, y fue en su compañía como yo mismo terminé por hacerme a la idea de ejercer las funciones parroquiales sin más acreditación que el silencio de mis superiores. Pronto me di a pensar que el padre Wagram se había equivocado al creer que el sacerdocio podía legitimar a un hombre, pues incluso una sotana podía diluir nuestra identidad despeñándonos en la más flagrante de las suplantaciones. Era en verdad difícil convencer a un soldado moribundo de que mi carácter de simple seminarista no me permitía confesarle ni administrarle los santos óleos. Por eso me acostumbré al fin a desempeñar con dolor aquellas funciones sacerdotales que otrora me habían parecido deseables, y a inclinar ambiguamente la cabeza cuando algún recluta ensangrentado me llamaba en sus delirios por el nombre del extinto sacerdote.

Puedo creer entonces que mi ansiedad de aquella tarde en la estación de Belgrado por abrirme paso hasta mi amigo Jacobo Efrussi habría parecido desmedida, tanto como podría serlo la de un demente que se imagina en mitad del océano y bracea por alcanzar un madero que flota sólo para él. Es cierto que mi amistad con Efrussi no había estado exenta de avatares y dramáticos distanciamientos, pero en ese instante lo imaginé casi como un hermano, ese otro inmediato en el cual nos reconocemos y en quien depositamos la amordazada consciencia de que sólo él lleva inscrito en su memoria un extraviado fragmento de vida que nos pertenece por derecho propio. Recuerdo perfectamente que su nombre tropezó un par de veces en mi garganta antes de que pudiera lanzarlo por encima de los demás reclutas. Y recuerdo asimismo el amargo asombro que me produjo su reacción ante mi grito de náufrago: al escucharme, Efrussi se detuvo como si le hubiesen disparado por la espalda, giró despacio la cabeza y me encaró durante unos segundos. Por un momento me pareció distinguir en él la sonrisa ínfima de quien también reconoce en los rasgos de otro hombre los fragmentos dispersos de su propia memoria. Pero esa luz, real o imaginaria en la embriaguez de mi entusiasmo, se transformó muy pronto en una mirada furibunda que acabó por disolverse entre la multitud.

* * *

Las horas que sucedieron a mi fallido encuentro en la estación las gasté en la Oficina de Servicios de Karanschebesch buscando el nombre de Jacobo Efrussi en las listas de efectivos recién incorporados al frente. Sabía que en esos momentos, como de costumbre, los cirujanos de campaña estarían clamando por mi presencia milagrera en sus galerones plagados de moribundos. Pero esa tarde yo no me sentía con ánimos para suplir con mis servicios la morfina que ellos, bien lo sabía yo, preferían vender en el mercado negro de Belgrado. Si los médicos necesitaban un sacerdote bien podían inventárselo. Así lo habían hecho antes conmigo y no les costaría gran cosa renovar ellos mismos mi blasfema impostura. Para ello les bastaría conocer un par de latinajos y emplear sus vendas ensangrentadas a modo de estola. Los soldados en artículo de muerte no descubrirían el engaño. Una bendición podía impartirla cualquiera, y era evidente que en esa guerra no se necesitaba ningún tipo de investidura para prestar oídos a quien, por otro lado, sólo repetiría sus faltas con la matemática precisión de quienes no han vivido lo suficiente como para ser culpables de nada.

Mi escrutinio de las listas de recién llegados resultó infructuosa, pues sólo me ayudó a confirmar mis temores de que la presencia de Jacobo Efrussi en los Balcanes podía ser una equivocación o un delirio. Yo mismo no acababa de comprender mi visita a la Oficina de Servicios, pues ésta comenzaba a parecer más bien una evasión de mis insufribles responsabilidades parroquiales. ¿Quién era, a fin de cuentas, el tal Jacobo Efrussi? Los escasos recuerdos que de él tenía habían vuelto a mi memoria sólo en el instante de distinguir su rostro en la

estación de Belgrado, y éstos, por ahora, no diferían
mucho de los que pudiera conservar de cualquier otra
de mis amistades vienesas. ¿Por qué, entonces, actuaba
yo como si ese hombre portase en su cartuchera una especie de mensaje arcano similar al que los soldados ago-
nizantes pedían de mí cuando no alcanzaban a comprender qué los había llevado a matarse en los Balcanes
en aras del imperio austrohúngaro? Mientras releía los
nombres de los reclutas, aquellas preguntas se repitie-
ron en mi cerebro con aberrante insistencia. Una y otra
vez, el solo nombre de Efrussi me condujo a rebuscar en
mis recuerdos de infancia, de por sí maltrechos por la
despiadada labor del padre Wagram, una respuesta que
apaciguase mis temores de que el fantasma de aquel
hombre fuera sólo un pretexto para rematarme el juicio.
Aquí veía a Efrussi saltar una barda o cabecear sin mucha destreza un raído balón de fútbol, allá lo identifi-
caba repentinamente con la oscura escalinata que conducía a la joyería de su padre. Unas veces lo invocaba
perseguido por un grupo de adolescentes coléricos, y
otras era él quien acosaba a un tropel de niños más pequeños y aterrados entre los cuales podía distinguir mi
propio rostro que ahora se deformaba bajo la luz morte-
cina de las lámparas del campamento. Las imágenes de
Jacobo Efrussi se agolpaban en mi cerebro atribulado
con la lógica de las pesadillas, distantes de lo que debían de ser las memorias de una infancia que yo, en el
seminario, solía considerar como una época más o menos apacible de mi vida. Algo había de arquetípico y
forzado en aquellas invocaciones, algo que no acababa

de definirse. Se trataba sólo de fragmentos carentes de significación, ectoplasmas de la memoria que poco ayudaban a dar a mi desquiciante condición el suelo que tanto ansiaba.

Cuando las listas de reclutas adquirieron la misma dimensión caótica de mis recuerdos, decidí mandarlo todo al infierno. Y es probable que yo mismo hubiera terminado en el ultramundo si entonces el brigada Goliadkin, regresando de una de sus frecuentes incursiones al bar del campamento, no hubiese irrumpido en la Oficina de Servicios para darme, al menos en parte, la certeza que había estado buscando. A pesar de su ineptitud para hallar al culpable del sacrilegio en la tumba de Wagram, yo no guardaba hacia el brigada ningún rencor. En mi opinión, Goliadkin era un ser inofensivo aunque, en cierto modo, más digno de respeto que cualquier otro hombre en Karanschebesch. Condenado sin remedio a provocar desconfianza como cualquiera de los cosacos que recientemente se habían incorporado a las tropas del imperio, el brigada había perdido el brazo derecho en Verdún, pero sus buenos oficios y su legendaria capacidad para manejar el sable con la mano que le restaba le habían permitido mantenerse en el ejército como si la guerra fuese el único mundo en el que verdaderamente podía servir para algo. Goliadkin formaba parte de esa legión de individuos que, a cambio de un par de cervezas, nos brindan su indiscutible capacidad para transgredir las más elementales fronteras de lo que comúnmente se considera legal. Dotado como pocos para la supervivencia en situaciones extremas, era incapaz de mostrar buenas maneras ante sus iguales, pero arrostraba a sus superiores con un zalamero respeto que sólo duraba mientras pudiese sacar algún provecho de ello. En el frente, su compañía me resultó siempre alentadora, pues su elemental prurito transgresor permitía que yo me sintiese a mis anchas, como si él fuese el único capaz de identificar la semejanza entre mi investidura de párroco y la de un sargento que ha obtenido su rango seduciendo a la esposa de un general.

Esa tarde Goliadkin debió notar de inmediato que algo en mi interior no marchaba como debiera, pues su saludo balbuciente adquirió de inmediato un desusado tono entre dulzón y paternal.

—Salud, páter. Le sugiero que vaya a tomar un poco de fresco. Parece usted un muerto.

Acto seguido, sin agregar palabra, se desplomó riendo sobre el escritorio como si quisiera ejemplificar su última frase emulando una muerte grotesca. Así lo dejé estar un rato hasta que se me ocurrió preguntarle si por casualidad recordaba el nombre de Jacobo Efrussi entre los recién llegados al campamento. El brigada alzó la barbilla, me miró en silencio y, al fin, iluminado por uno de esos raros momentos de lucidez que acompañan a los bebedores empedernidos, respondió:

—¿Efrussi? No conozco a ningún Jacobo Efrussi, pero le aseguro que no lo encontrará por aquí. Cualquiera sabe que los judíos se las arreglan siempre para evitar la leva o, a lo sumo, consiguen que les asignen a algún puesto en la retaguardia.

Lejos de descorazonarme, las palabras del brigada tuvieron para mí el efecto de un bálsamo. De pronto, la tenebrosa escalerilla del joyero adquirió en mi memoria una rara luminosidad, y pude ver en ella a dos niños que se disponían a iniciar una partida sobre un maltrecho tablero de ajedrez. Casi pude experimentar la vaga sensación de entusiasmo, olvidada hacía mucho tiempo, que me invadió cuando el hijo del joyero accedió a compartir conmigo los secretos de aquel juego de reyes. Poco a poco la imagen se volvió extremadamente nítida, como también lo hizo en mis oídos el grito furibundo de mi padre, quien esa tarde interrumpió nuestra partida para arrastrarme a casa prohibiéndome terminantemente que volviese a ponerme en riesgo de ser humillado en el ajedrez por el hijo de un usurero judío.

A partir de ese recuerdo ya no me sería difícil hilar muchos más: el corpulento Jacobo Efrussi arrancado de mi vida con una violencia que entonces debió de parecerme inexplicable o acaso tan hiriente que me habría costado algún trabajo olvidarla. Ahora, tal y como Goliadkin había sabido recordarme, la posibilidad de hallar a un judío en el campamento de Karanschebesch o en un ejército donde los judíos, efectivamente, brillaban por su ausencia, parecía menos probable que nunca, pero al menos su delirante espectro me había devuelto un fragmento de infancia tan preciso que podía servirme de cabo para desovillar una madeja de remembranzas que hasta entonces creía perdidas. De esta forma, abrumado por la posibilidad de toparme no con Efrussi,

sino con mi propia memoria descoyuntada, salí de la
Oficina de Servicios agradeciendo a un perplejo Goliadkin su valiosa información.

* * *

No sé cómo pude arreglármelas aquella tarde para
sortear el agobiante reclamo de los médicos para que
atendiese a sus moribundos. Se diría que, al menos por
unas horas, la muerte había suspendido su infatigable
siega para que yo pudiese abismarme a placer en la re-
cuperación del torbellino de recuerdos que comenzaban
a agruparse en mi cerebro con deslumbrante coheren-
cia. De vuelta en mi barraca, otrora compartida con el
padre Wagram, me quité la sotana y me acosté en mi
propio lecho por primera vez desde la muerte de mi protector. La cabeza me dolía de tal manera que, en otra
oportunidad, habría ido de inmediato a la enfermería,
pero ahora ese dolor me parecía poca cosa comparado
con la tempestad que sacudía mis entrañas. Medité en
las sorpresas que la bestia desencadenada de mi memoria podía estar guardando para mí. Pensé en Efrussi, en
nuestra soledad de niños marginados por los designios
paternos. Casi pude escucharle cuando arrastraba los
pies camino de la sinagoga, como si la sola idea de ostentar innecesariamente su condición de judío por las
calles de Viena le impusiese un peso insostenible. Invo-
qué también sus numerosos éxitos de precoz genio del
ajedrez, conseguidos siempre bajo la mirada vigilante

de su padre, quien se esmeraba por hacer de aquellas victorias pueriles una demostración pública de la superioridad de su gente. Más que un juego, el ajedrez era para el joyero la prueba inequívoca de que una identidad colectiva y genial había sido sembrada en su hijo tras milenios de persecuciones, diásporas y defensas temerarias de una consciencia de raza mantenida con dolor y sangre.

Más adelante pensé en mi propia torpeza para el ajedrez, en mi denodada ineptitud para contrarrestar, siquiera una vez, las victorias de Jacobo Efrussi. Como él, también yo jugué muchas tardes por consigna de mi propio padre, y con frecuencia tuve que pagar las constantes humillaciones que el hijo del joyero prodigaba sin distinción a los pequeños ajedrecistas luteranos y católicos de la ciudad. De pronto caí en la cuenta de que nunca había terminado de comprender el empeño de mi padre en marginarme de las libertades de la infancia para instruirme a golpes en el ajedrez y, por otra parte, alejarme de un niño que parecía igualmente condenado a ser el instrumento de un aberrante tráfico de honras e identidades. Si bien no podía recordarlo con claridad, no cabía duda de que Efrussi y yo habíamos sido confrontados varias veces no en la escalinata de la joyería, sino en aquel salón dominical donde el señor Isaac Efrussi prometía perdonar sus deudas al padre de quien fuese capaz de vencer al pequeño Jacobo en el ajedrez. Mis derrotas públicas ante Efrussi, por lo tanto, no sólo habrían significado una humillación racial o religiosa para mi padre, sino la pérdida concreta de cantidades sustanciosas de dinero que él, más afecto a la bebida que al orgullo, debía a la dudosa generosidad del joyero.

Pensar en todo esto me causó el fastidio de quien se sabe reducido a la condición de un animal entrenado sin éxito para derrotar a otro en aras de cierta deuda gastada en cervecerías y prostitutas. A despecho del padre Wagram, quien tanto se había esmerado por arrancarme la memoria de aquellos tiempos, ese estado de ánimo no me resultó ajeno, como si yo mismo hubiese remitido aquellas imágenes a un rincón de mi cerebro donde, sin embargo, nunca acabaron de extinguirse. Esa aprensión podía reconocerla ahora perfectamente en mi recuerdo de la escalinata del joyero Isaac Efrussi, detonante, como he dicho, de una retahíla de memorias que aquella guerra, y acaso también mi embrutecedora estancia en el seminario, habían suspendido hasta arrebatarme momentáneamente la consciencia de mí mismo. A la voz encendida de mi padre, muerto en una riña de cantina poco después de mi ingreso en el seminario, pude agregar olvidadas escenas de violencia doméstica: prolongadas lecciones de ajedrez cuyas estrategias debía ensayar contra mí mismo en la soledad de mis habitaciones, penitencias en el descampado invernal de las callejas de Viena, voceríos nocturnos y amenazas constantes que me dejaban inerme en el lecho enfrentándome con infiernos plagados de traidores católicos, usureros judíos y otomanos infieles. Probablemente, aquellas escenas amargas habían marcado mi memoria infantil tras mi frustrado juego de ajedrez en la escalinata, acaso la única partida que Efrussi y yo habíamos querido emprender por nosotros mismos y sin que en ella mediase la deplorable apuesta que el joyero se empeñaba en imponer a los contrincantes de su vástago imbatible. Y era probable también que aquellas escenas hubiesen sido mi pan cotidiano hasta el día en que decidí huir de casa para guarecerme en el seminario, no porque creyese firmemente que la fe católica ofrecía una auténtica liberación del exaltado luteranismo de mi padre, sino porque en el seno de aquella iglesia pensaba basar mi única posible rebelión contra él y contra su empeño de destrozarme la consciencia.

Así las cosas, ahora ya no me era difícil entender por qué me pesaba tanto mi impostura del padre Ignatz Wagram, y cuánto resentimiento hacia él encerraba en realidad mi condición de sacerdote advenedizo. Por venir de quien venían, mis bendiciones impartidas a jóvenes destinados a las trincheras debían de tener muy poco de reparador. Cada una de mis palabras, cada uno de mis gestos y aun mi mera presencia sólo podían haber transmitido a esos desgraciados la desazón de mi propia impostura y mi fe cada vez más debilitada. Imaginé que, al morir, los espectros de aquellos soldados descubrían mi falsedad y me lo reprochaban incesantemente desde algún punto impreciso más allá del Danubio, como si también ellos hubiesen sido arrojados al frío de la inexistencia por un progenitor ebrio y fanático. Repetir que yo no era culpable de las circunstancias que me habían movido a tal impostura distaba mucho de ser tranquilizador, pero al menos ahora podía decir que al fin había recuperado la consciencia de mi situación. Sin duda, dicha claridad la debía al recluta que había visto en la estación de Belgrado, cualquiera que fuese su nombre. Al verdadero Jacobo Efrussi lo había encontrado ya en mi memoria, y puesto que las posibilidades de que un joven judío hubiese llegado al frente sudoriental eran, en efecto, harto remotas en aquellos tiempos, pensé que mejor sería consagrarme en solitario a mis propios desvaríos en vez de buscarle por el campamento como una sombra que ha sido arrancada del cuerpo material que le diera origen. Si ese cuerpo se encontraba en Karanschebesch, repetí incesantemente en mi interior hasta quedarme dormido, mi suerte me lo haría saber en su momento.

* * *

La oportunidad de encontrarme con el recluta de la estación se presentó antes de lo que yo esperaba, sólo un par de días después de mi visita a la Oficina de Servicios. Y debo reconocer que, dadas las circunstancias, aquel encuentro fue menos mortificante de lo que yo mismo llegué a temer en un principio.

Esa tarde el brigada Goliadkin vino corriendo a la vicaría para anunciarme que estaban regresando al campamento camiones repletos de heridos en el frente. Como era de esperar, no pasó mucho tiempo antes de que un oficial del regimiento Reina Olivia exigiese mi presencia para confesar a un teniente herido en el Piave, donde los italianos habían puesto en grave aprieto a nuestras tropas. Los cirujanos del regimiento habían amputado ya ambas piernas al pobre hombre, y éste ahora entregaba su última carne sana al progreso irrefrenable de la gangrena.

El oficio transcurrió como cualquier otro: las manos sudorosas del teniente apretando las mías, su boca incapaz de deletrear la enormidad de sus pecados, sus ojos añorando una paz que yo no podía darle. Lo que entonces me incomodó sobremanera fue descubrir que, a aquellas alturas, también los médicos y los oficiales habían asumido ciegamente mi impostura, como si al fin se hubiesen resignado a no recibir más consuelo que el de un seminarista ascendido ilusoriamente a sacerdote. Ninguno de ellos se preguntaba ya cómo era posible contar con un capellán tan joven. Ni siquiera parecían recordar al padre Wagram. En varias ocasiones había yo escrito a la curia no ya solicitando, sino exigiendo el envío de un sacerdote cabal que supiese cumplir mejor que yo con las funciones que me pedía la guerra. Sin embargo, al silencio de mis superiores sólo había podido agregar el peso de una vieja sotana enviada por correspondencia a mi atención. Haga usted buen uso de ella, debió de escribirme un obispo mientras preparaba su equipaje para huir a Holanda, y que Dios le bendiga.

Luego de confesar al teniente, tuve el imperioso deseo de emborracharme. Por sí solo, el olor a cerveza suele acarrearme recuerdos tan aciagos como nausea-

bundos, pero esa noche me pareció que un par de tragos
servirían para sumar mi aflicción a la general tristeza
que imperaba en el campamento. Acaso esperaba que,
armando un escándalo, la curia al fin accedería a remo-
verme del campamento para enviar al sacerdote que yo,
no sé si por fervor o por negligencia, persistía en suplantar. En cualquier caso, lo cierto es que pronto me
encontré deambulando por Karanschebesch en busca ya
no de Jacobo Efrussi, sino del brigada Goliadkin. Fue él
quien me llevó a comprar a los gitanos un galón de esa
cerveza mal destilada que suelen vender a quienes ten-
gan el dinero suficiente para ahogar en vasos el sabor
de la muerte venidera.

No recuerdo cuánto bebimos esa vez. La noche se
había abatido sobre el campamento, escoltada por una
de esas neblinas turbias con que los vientos rusos
anuncian la proximidad del invierno y la derrota. La
luna llena apenas conseguía abrirse paso a través de la
penumbra, sumando su anémico resplandor al de las
lámparas de bencina que, aquí y allá, alumbraban ma-
lamente pequeños corrillos de soldados. Debimos de
errar durante casi una hora por aquel limbo de falsas
luciérnagas. Las tiendas de campaña, las sombras
alargadas como lanzas y aun la figura desusadamente
silenciosa del brigada Goliadkin, llenaban mi ánimo
con una melancolía apacible, casi reparadora. El silencio, roto apenas por un susurro o una carcajada trunca
del brigada, sumaba al paisaje del campamento un
aire de resignación y cataclismo. Entramos en una de
las tiendas de abasto. Surgieron ante mí algunas me-

sas, una barra improvisada y más soldados que se congregaban ahí con el apagado entusiasmo del último alcohol antes del toque de queda. Ninguno de ellos manifestó al verme la compostura que habitualmente les imponía mi sotana. Imaginé que esa noche los hados me habían concedido el don de una invisibilidad largamente invocada. Los soldados ni siquiera nos miraron mientras apurábamos nuestros vasos. Absorto en sus propias y fluorescentes depresiones, Goliadkin parloteaba para sí frases cortas en ruso y ucraniano. Era evidente que él también se reservaba ahora las sentencias, las despedidas y los llantos para la derrota que se aproximaba en un alud de cañonazos y disparos que comenzaban a sacudir las montañas al otro lado del Danubio.

De repente, guiado por la embriaguez, me vi caminando solo por el estrecho corredor que conformaban dos largas tiendas de campaña, y sentí la urgencia de vaciar el estómago. Entonces di de bruces con un grupo de hombres aparentemente enfrascados en un juego de naipes. Una lámpara iluminaba la escena e iba a congregar un aura ambarina en el perfil inequívoco de Jacobo Efrussi. El recluta parecía un tanto distinto a como lo vislumbré en la penumbra matinal de la estación de Belgrado. Tenía la cabeza cubierta con una gorra negra de origen indeterminado, y el cuerpo entero envuelto en un sobrepelliz de oficial al que habría arrancado las insignias. A la luz de la lámpara sus facciones de pómulos altos y mejillas hundidas parecían más pronunciadas. Sentado frente a una mesa hecha con cajones de armamento, su cuerpo comunicaba una sensación de robustez herida que se acordaba muy bien con el aire clandestino de la escena. Al acercarme, advertí por un instante en su mirada un rastro de pánico, muy pronto controlado por el gesto de quien se finge inmerso en un juego que no le es tan favorable como quisiera. La inclinación de su cuerpo sobre los cajones recordaba la de una especie de titán agobiado por el peso de los discos del cielo. Tanto él como sus compañeros estaban envueltos en un halo distante y llegué a sorprenderme de que en ese momento no se desvanecieran de mi vista como otro mal sueño. En cuanto los vi pensé que sería mejor alejarme para no incurrir en la falta de romper un código que aún no acababa de comprender, pero me contuve al descubrir sobre los cajones un diminuto tablero de ajedrez que me resultó demasiado familiar. Entonces, envalentonado acaso por el alcohol, me sentí con pleno derecho a aproximarme y llamar a Efrussi por su nombre. El jugador se puso de pie, dudó por un instante con el gesto de quien escruta la selva en busca de una fiera cuyos rugidos acaban de espantarle el sueño. Luego se acercó a mí y me aferró por la sotana deteniendo sus ojos a escasos centímetros de mi rostro. Finalmente sentí su aliento, tanto o más alcoholizado que el mío, derramarse a gritos en mi frente con un dudoso acento altoalemán:

—Mi nombre, padre, es Thadeus Dreyer. Como vuelva a llamarme de otra forma, le juro que ahorraré a los franceses el trabajo de acabar con usted.

En ese instante los otros jugadores debieron de musitar una advertencia sobre mi quimérica investidura sacerdotal, pues de repente los vi de nuevo sumergidos en el juego. Mientras tanto Goliadkin, surgido de la penumbra, musitaba disculpas a mis oídos con la ebria tozudez de quien acaba de atestiguar un sacrilegio. Yo le dejé hacer y hablar como si no existiese, y me alejé de los jugadores mucho menos ofendido de lo que yo mismo pudiera esperar: al enfrentarme con Efrussi, había podido entrever en su amenaza una convicción menos violenta que sus palabras, un tono más bien suplicante. Aunque aún no podía articularla con todas sus letras, sabía que esa convicción tenía que ver conmigo. Algo veía en mí aquel hombre que le proporcionaba una vaga certeza, casi una premonición que lo llevaba a aplazar un reconocimiento ineluctable. Yo sólo tendría que esperarlo. Efrussi se ocuparía del resto.

* * *

Esperando que ahora el destino supiese hacer su trabajo sin mi ayuda, los días siguientes los dediqué a observar al recluta Thadeus Dreyer tratando de franquear el núcleo imbatible de su rostro, un rostro cuyas puertas sólo se abrirían para mí. Pronto pude comprobar que mi amigo, a pesar de sus esfuerzos por disimularlo, apenas había cambiado con los años. Desde la adolescencia, Efrussi siempre formó parte de ese tipo de hombres que están condenados a parecerse sólo a ellos mismos hasta la muerte. En su caso, esta obstinación de su apariencia física debía de ser una especie de estigma, pues la pluralidad con la que pretendía ocultar su verdadero aspecto no dejaba de ser ilegítima. Los gestos y las palabras que habría robado a otro hombre no alcanzaban a disimular del todo la reciedumbre propia de su ser. Incluso sus facciones, ahusadas y angulosas, parecían hartas de la eterna mutación a la que Efrussi insistía en someterlas. El macilento pero armonioso perfil de sus antepasados volvía irremisiblemente a la superficie, como si tantos siglos de diásporas y migraciones hubiesen cavado en él una cicatriz similar a la que labra el viento sobre las rocas más sólidas. Efrussi, en suma, no podía engañarme con su barba pretendidamente prusiana, nunca lo bastante cuidada para evitar que a veces le traicionasen aquellos rizos que seguramente le robaban largas horas ante el espejo.

Llevado por una cierta curiosidad solidaria, o acaso por el afán de sacar algún provecho de ello cuando la ocasión se presentase, el brigada Goliadkin se había ofrecido a ayudarme en mi persecución de Efrussi. Fue él quien comprobó que, al menos en sus documentos de identidad, aquel hombre se llamaba efectivamente Thadeus Dreyer, se decía natural de un pueblo del Vorarlberg y pronto se había dado a conocer en Karanschebesch como un invencible maestro en los juegos de azar, así como en el ajedrez, juego este último cuyo ancestral código de honor mancillaba apostando a sus contrincantes cantidades abrumadoras de dinero. Más de una vez, me hizo saber Goliadkin, los oficiales y suboficiales de su regimiento habían llamado la atención a mi antiguo camarada en estricto apego a las órdenes que aún imperaban en el campo, pero Dreyer había salido indemne de aquellos rapapolvos. Su dinero, mentía él en su descargo, lo enviaba a sus padres en el Vorarlberg. Y puesto que el ajedrez, a diferencia de los naipes o los dados, no estaba prohibido en el ejército, nada podían reprocharle las autoridades. A todo esto, el recluta Efrussi añadía que era capaz de vencer a quien quisiese retarlo en cualquier circunstancia, y corría incluso el rumor de que algunos oficiales afectos al diabólico juego estaban tan endeudados con él, que no hubieran podido ya aplicarle sanción alguna.

Toda esta información, vertida por Goliadkin en largas charlas de alcohol que corrieron por mi cuenta, me llevó a pensar que Efrussi sabría usar sus influencias para mantenerse a salvo en la retaguardia. Pronto, sin embargo, comprobé con sorpresa que me había equivocado: en octubre de aquel mismo año sus compañeros de regimiento fueron emplazados a las trincheras, y Efrussi, para mi consternación, iba con ellos. Incluso Goliadkin se sintió traicionado por aquel gesto, como si el hecho de que Efrussi no hubiese querido aprovechar su poder para salvarse en esos tiempos sin heroísmo fuese una ofensa grave contra las leyes más elementales de lo que él, dentro de su muy particular código de deshonor, consideraba prudente. Como quiera que haya sido, lo cierto es que ambos vimos a Efrussi atravesar el puente de Karanschebesch irradiando una satisfacción discordante con la pesadumbre que abrumaba a los demás soldados. Cualquiera diría que aquel recluta había esperado ese momento toda la vida, como si la sangría que lo aguardaba al otro lado del Danubio fuese más bien un deleitoso torneo cuya máxima y fatal presa le correspondía por propio derecho.

La caballería francesa destrozó el regimiento de Efrussi casi de inmediato, y su contingente se desperdigó por las montañas serbias sin que nadie pudiese declarar a ciencia cierta cuántos soldados habían caído en aquella trampa y cuántos más habían desertado para refugiarse en las tropas del enemigo. Días más tarde el brigada Goliadkin me anunció que, si deseaba noticias más ciertas de Dreyer, yo mismo podía solicitarlas a un sargento que aquella mañana había llegado de esa parte de las trincheras. Por un instante, a juzgar por la mirada desapacible de aquel pobre diablo, pensé que tampoco él reconocería el nombre de Dreyer y que, una vez más, Efrussi había cambiado de identidad para evadir mis últimos esfuerzos por reconocerle. El sargento, sin embargo, no tardó mucho en desengañarme:

—Esa sabandija de Thadeus Dreyer —musitó— tiene que haber muerto en el valle de Beijanica. O, por lo menos, debe de haber enloquecido por completo allá arriba.

Quizá mi amigo, añadió el sargento, se encontraba entre un grupo de soldados que se negaban a abandonar las trincheras en un alarde de bizarría que en otras circunstancias habría parecido temerario, pero que en el diezmado frente de los Balcanes resultaba francamente estúpido. Como pude colegir por la voz entrecortada de

mi interlocutor, el regimiento de Efrussi habría emprendido la retirada desde el instante justo en que el último
de sus superiores pereciera en el combate cuerpo a
cuerpo. Nadie, en ese caso, podía acusarles de deserción, pero el recluta Dreyer y sus compañeros se habían
quedado en algún sitio de las montañas afirmando que
no se moverían de allí en tanto no recibiesen la orden
expresa de abandonar el combate. Seguramente, concluyó el sargento, nuestro compañero de armas estaría
ahora en manos de los franceses o, en el mejor de los casos, desangrando su necedad al lado de los demás
miembros de su regimiento suicida.

Cuando relaté aquella historia al brigada Goliadkin,
éste coincidió con el sargento en lo patético del gesto de
Efrussi y sus compañeros. A aquella sazón nos llegaban
de todas partes noticias desalentadoras: Guillermo II
había huido a Holanda, nuestras tropas eran desmem-
bradas sin piedad, y los franceses se aproximaban tem-
pestuosamente a Belgrado. Para colmo de males, se decía que en cualquier momento el contingente ulano,
ucraniano y polaco de nuestras tropas acantonadas en
las poblaciones de Karanschebesch y Eormenberg se al-
zarían en rebelión negándose a cruzar el puente del Danubio. Los ánimos, en suma, estaban más tensos que
nunca, y ya no era posible saber si el peligro que nos
acechaba vendría de las tropas del mariscal D'Esperey o
de nuestros mismos soldados. Si Efrussi en verdad pre-
fería seguir sirviendo a lo que restaba del imperio austrohúngaro, debía abandonar las trincheras para rein-
corporarse a un nuevo e improbable ejército que le

permitiese entregar su vida de manera más gloriosa. Yo, sin embargo, intuí que esa actitud aparentemente insensata no se debía al heroísmo ni al afán por servir al imperio en sujeción a un código de honor que ahora se había vuelto tan absurdo como la guerra. Que Efrussi había enloquecido era evidente desde un principio, y tal vez ésa era la única vía sensata para explicar sus actos.

Pero ni siquiera ese argumento acababa por convencerme. Debía existir otro motivo para que Efrussi decidiese permanecer allá arriba. Tal vez, pensé, las palabras que me había dirigido el sargento eran ese mensaje celestial que en un principio atribuí a la fantasmal presencia de mi amigo en Belgrado, y con esa idea resolví aprovechar la primera oportunidad para hallarle. Quizás, dije una tarde al brigada Goliadkin, yo también estaba llamado a cometer una insensatez, y nada me pareció entonces más natural que lanzarme a buscar a Efrussi o alcanzar la muerte en lo que ya para entonces parecía ser el último lugar del mundo.

Las circunstancias que luego se añadieron al relato del sargento vinieron a corroborar mi decisión. Mientras crecían los temores de un amotinamiento en Karanschebesch, y cuando pensaba que la curia de Viena se habría resignado a tener en campaña a un párroco investido exclusivamente por la desgracia divina, recibí la notificación de que un nuevo y legítimo sacerdote llegaría en el próximo tren que parase en Belgrado. Goliadkin recibió la noticia con preocupación, y apenas se sorprendió cuando le dije que no me sentaría a esperar el relevo: nada más recibir la noticia me dirigí a mis superiores y obtuve de ellos la autorización para llevar la orden de retirada a los soldados de la montaña. Mientras firmaba el documento, el oficial a quien me había dirigido me miró con los ojos de quien ha visto demasiados sinsentidos transcurrir ante él en un lapso de tiempo excesivamente estrecho. Yo le sostuve la mirada: la notificación de la curia me había devuelto no la identidad sino el anonimato necesario para que a nadie, menos aún a mí, le importase un comino si me marchaba del campamento o me empeñaba por salvar a una banda de soldados enloquecidos como pretexto para encontrar la muerte. A finales de aquel octubre el frente oriental había adquirido al fin las dimensiones del caos más absoluto, el imperio se desmoronaba en la retaguardia y la deserción se mezclaba con el heroísmo más osado.

—Vaya usted, Schley —me dijo el oficial sin dar muestras de recordar mis altas funciones parroquiales—. Haga lo que quiera, y si encuentra alguno de esos hombres con vida, dígales de mi parte que son todos unos imbéciles.

Y diciendo esto me despidió de la tienda con el ademán de quien acaba de firmar la sentencia de un desconocido.

* * *

El trayecto para llegar hasta Jacobo Efrussi estuvo plagado de tantos sinsabores que por mucho tiempo preferí olvidarlos. Apenas recuerdo ahora, vagamente, la enorme dificultad que tuve primero para convencer a Goliadkin de que me ayudase a adentrarme en el lado serbio del Danubio. Junto con la circular llevaba conmigo un salvoconducto que el brigada, a cambio de una provisión de vino sin consagrar, me había facilitado para salvar los retenes que pudieran atravesarse en mi camino. Nunca tuve que usarlo: unos tras otros, los puestos de control surgieron ante mí sin vigilancia, desolados como un mar nocturno y tempestuoso. Una peste a efluvios de gas mostaza, fango y excrementos fue carcomiendo mi ánimo de tal manera, que aún hoy me resulta difícil deshacerme de él. Es como si a partir de entonces el mundo entero se hubiese detenido en ese olor definitivo y áspero, como si mi olfato estuviese irremisiblemente condenado a percibirlo todo con esa pestilencia de muerte.

En las inmediaciones de Nich, la mula que Goliadkin me había conseguido en el mercado negro cayó presa del cansancio. Así, abandonado por completo en el campo, con frecuencia tuve que evitar las zonas de combate. El viento arreciaba a medida que me adentraba en el frente. Cuando empecé a transitar las estrechas sendas que llevaban hacia el sudeste, el vendaval azotaba con furia sostenida. Comenzaban a verse ya los primeros estragos de la retirada, las trincheras plagadas de cadáveres de ambos frentes, vertidos todos en una hinchazón descomunal, yaciendo en el fondo de aquellas heridas de tierra a merced de un fango que, otra vez, se antojaba hediondo y estigio. Hacía tiempo que había entrado en la zona de combate, un paisaje al que no me enfrentaba desde la muerte del padre Wagram. En algún punto de mi descenso al valle de Beljanica, donde esperaba encontrar a Efrussi, crucé algunas palabras con dos o tres reclutas que se habían rezagado no sé si por lealtad o a la espera del momento para saquear los despojos de sus compañeros. Alguna vez también di de bruces con una cuadrilla de gitanos que arrebataban cuanto podían a las aves carroñeras. En sus miradas contemplé la severa frialdad de los hambrientos, de los seres hechos a sobrevivir no con la cínica astucia del brigada Goliadkin, sino mediante su propia reducción a la más grosera animalidad. En ese momento tuve miedo de que me alcanzara un obús o que, simplemente, mi cuerpo exhausto desmayase para que aquellos gitanos, ineptos para distinguirme entre los cadáveres, me despojasen de cuanto llevaba conmigo. En Viena no me esperaba nadie, nunca me habían esperado, y las cosas que llevaba en mi cartuchera apenas podía decirse que fuesen de valor. Sin embargo, eran lo único que tenía para desearme vivo. En mi pecho, la circular para Efrussi se abrazaba a mi pasaporte con la misma fuerza que me llevaba a seguir adelante. Perder entonces aquellos documentos en manos de los gitanos o de la misma muerte me habría exiliado y sin remedio a un mundo de cenizas.

Me tomó un par de días aquel oblicuo trayecto que, en otras circunstancias, me habría llevado apenas media jornada. Cierta parte del camino pude realizarla en una furgoneta de los servicios médicos, donde pude conversar con uno de los enfermeros que ahora, como en reflejo de mi propia suplantación, desempeñaba las funciones del más acreditado cirujano.

—¿Qué busca usted por allá? —me preguntó el hombre cuando supo mi destino—. En ese lugar sólo quedan cadáveres.

Cuando le expliqué que traía una orden para relevar de sus funciones a un grupo de soldados del desaparecido Cuarto Regimiento, el enfermero me miró atónito.

—Si busca usted la muerte, podría habernos ahorrado tanta molestia.

Y me abandonó al lado del camino como si no estuviese ya dispuesto a quemar combustible en tan mirífica empresa. No lo culpo. Su interpretación de mi travesía era hasta cierto punto acertada, y yo mismo comenzaba a darme cuenta de que la orden de retirada me importaba mucho menos que encontrarme con Efrussi o con su espectro. El mío era un viaje sin retorno hacia el único punto de coincidencia con mi pasado al que ahora podía aferrarme. Sólo ansiaba ser reconocido, aceptado por mi antiguo compañero. Lo demás me parecía accesorio. Quería gritar por última vez el nombre de Efrussi y que él gritase el mío. Eso y sólo eso me llevaba a desear que estuviese vivo y a mantenerme yo mismo con vida.

Cuando lo pienso y recuerdo el paisaje devastado en los Balcanes, me convenzo de que sólo una deidad compasiva pudo disponer las cosas para que llegase hasta Efrussi. Las probabilidades de semejante portento me parecerían hoy prácticamente nulas, y siento como si hubiese llegado hasta aquel llano maldito recubierto por una coraza que impidió que un proyectil enemigo me atajase en cualquier punto del trayecto. Años más tarde supe que, a esas alturas, el valle donde había desaparecido el regimiento de Efrussi llevaba algún tiempo inscrito entre los territorios conquistados por el enemigo. En ese momento, sin embargo, aquella inmensa laguna de hierba me pareció un territorio de nadie, una especie de intocable valle de Josafat. Si mis instrucciones eran correctas, Efrussi y sus compañeros debían de estar cerca, en alguna de aquellas trincheras donde los cadáveres aún no habían sido arrasados por los gitanos. El combate cuerpo a cuerpo debía de haber sido extremadamente cruento, pues no había un solo lugar donde los cuerpos de los nuestros no alternasen con aquellos que portaban insignias enemigas. El panorama era tan desolador, que por instantes me movió a pensar que había llegado demasiado tarde. Con todo, una especie de terror antiguo, como un vago tatuaje, siguió impulsándome trinchera tras trinchera hasta que, con la última luz de la tarde, divisé sobre una colina una cabaña que parecía abandonada. La construcción parecía a primera vista desierta, pero algo había en ella que anunciaba la presencia de una mano viva. Al principio no supe de qué se trataba, pero al acercarme descubrí que aquella señal consistía en una ristra de cadáveres que parecían haberse enfilado hacia allí para yacer en paz sobre un montón de carne agobiada por las moscas. El espectáculo era espantoso, pero acusaba un orden oculto,

como si aquellos cuerpos aliados y enemigos, esa pluralidad sin distingo que sólo da la muerte y que ahora
acordaba a la perfección con mi imagen del imperio en
llamas, hubiesen sido dispuestos así para que yo mismo
los identificase o, dado el caso, me sumase a ellos. Así,
a medida que me aproximaba a la cabaña, los cadáveres fueron perdiendo su aterradora consistencia para
erigirse ante mí como guijarros que conducen a un
niño de vuelta a casa.

* * *

La cabaña estaba abierta. Busqué un sitio cualquiera
donde golpear con los nudillos y una voz apenas audi-
ble me respondió:

—Adelante, padre.

Allí estaba Jacobo Efrussi, de espaldas a mí, sentado
frente a una mesa tapizada de papeles cuya naturaleza
en ese momento no alcancé a adivinar. El hombre temblaba sensiblemente, abismado en una actividad minu-
ciosa que le impedía ponerme atención. El pelo le había
crecido hasta casi cubrirle el cuello, y añadía a su aspecto un aire de licántropo. Las paredes de la cabaña,
en las que no faltaba el estrago inconfundible de los
disparos, dejaban pasar un olor a podredumbre que
acentuaba lo lastimoso de la escena. Sin mirarme,
Efrussi me indicó con un gesto apresurado de la mano
que me sentara en una silla que había al otro lado del
cuarto. Yo la acerqué a la mesa y tomé asiento frente a

él, rescatando sus ojos desencajados entre su barba de ermitaño.

Esperé a que Efrussi terminase su labor con la pequeña hipodérmica que descubrí en sus manos y que habría estado preparando en el momento de mi llegada. La tomó con la mano izquierda y se la encajó de golpe en el brazo. Su cuerpo se sacudía de tal forma que pensé que nunca conseguiría encontrarse las venas. La morfina tardó unos segundos en hacer efecto. El primer rictus cedió paulatinamente hasta convertirse en una sonrisa beatífica. Cuando Efrussi al fin pudo hablar, su voz había adquirido un tono benévolo y aterciopelado:

—La morfina, padre, es la única forma sensata de mantenerse entero en este lugar. Por desgracia no nos queda mucha, y parece que usted no ha venido hasta aquí para traernos un nuevo cargamento.

Mientras hablaba, Efrussi iba añadiendo a sus palabras un guiño de desamparo, como si en el fondo esperase que yo le desmintiera. El tiempo, el hambre o la misma morfina lo habían reducido a un despojo, pero en esa ruina humana quedaba aún, quizá incluso a pesar suyo, cierta irrenunciable vitalidad. Dejé pasar unos minutos antes de responder, no porque me faltasen deseos de hacerlo, sino porque no sabía cómo llamarle. Había esperado tanto tiempo ese encuentro, que ahora, ante esta imagen animalizada de mi amigo de infancia, me parecía que yo mismo había perdido una considerable porción de mi humanidad. Efrussi, mientras tanto, se había sumergido en la contemplación alucinada de los papeles que cubrían la mesa. Sonreía, hablaba para sí como si recitase una arcana oración aprendida en el mundo delirante de sus manías y sus terrores. Cuando al fin me acerqué hasta casi rozarle el rostro, descubrí que esa letanía estaba hecha de nombres, cientos de nombres que Efrussi iba leyendo de los pasaportes, casi todos ensangrentados, que tenía frente a sí. Cuando me resultó imposible soportar más el silencio susurrante de mi amigo, extraje la circular que guardaba en la cartuchera y se la entregué diciendo:

—Puedes volver a casa, Jacobo Efrussi. Te he traído la orden de retirada.

Efrussi había interrumpido su recitación y observaba el documento con autista indiferencia, como si mirase a través de él.

—¿Efrussi? —preguntó luego rebuscando ansioso entre los pasaportes—. No conocemos a ningún Jacobo Efrussi.

Y arrojó la circular al suelo. Una oleada de rabia me inundó en ese momento, no porque esperase que Efrussi en verdad estuviese en condiciones de reconocer el valor de mi circular, sino porque negaba una vez más su propio nombre y, al hacerlo, me negaba a mí arrastrándome al anonimato de su locura, hacia un punto del cual ni él ni yo podríamos nunca regresar. De un salto me puse de pie, estreché su rostro entre mis manos y lo obligué a mirarme.

—¿Quién eres? ¿Cuál de éstos es tu nombre? —grité señalando los pasaportes.

Pero Efrussi sólo respondió:

—Mi nombre es Legión, porque somos muchos.

Horas después cayó la noche sobre la caseta y el campo. Un resplandor lunar se filtró entre los maderos y nos sorprendió aún sentados en torno a la mesa. Afuera, el vendaval de oriente entrechocaba con un ruido de explosiones secas, sin gritos. Cualquiera habría pensado que se trataba de relámpagos vagarosos, resignados a nunca tocar tierra. Efrussi había recuperado un poco de lucidez y musitaba ahora una explicación que no iba dirigida a mí, sino a un ilusorio fiscal que sin duda conocía su drama perfectamente, pero que necesitaba su confesión para cumplir con un trámite obtuso y ultramundano. De pronto el viento volvió a traer hasta nosotros una vaharada de podredumbre que devolvió a Efrussi a la realidad.

—Uno se acostumbra a esto, padre —dijo aspirando aquel olor como si se tratara de brisa marina—. Éste es el perfume que nos iguala a todos en la muerte.

Y terminó un segundo suspiro con un espasmo semejante al que le provocaba la falta de morfina. Esperanzado por ese gesto mínimo de cordura, le expliqué que, si necesitaba morfina, antes que otra cosa debíamos regresar al campamento de Karanschebesch. Mi amigo no recibió la idea con mucho entusiasmo, casi se mostró ofendido por lo ramplón de mi razonamiento. La morfina, comentó, sólo la necesitaba cuando ciertas ideas, ciertos recuerdos amalgamados de todos los hombres que había sido, se le atropellaban en la mente provocándole una infernal jaqueca.

Por el momento, agregó, sentía que aquellos recuerdos estaban más o menos en orden. A punto estuve de pedirle que me hablase de ello, pero él me suplicó que no le preguntase nada. Simplemente no pensaba regresar, había dedicado su vida entera a buscar ese sitio y esa muerte.

—He sido todos y nadie —siguió diciendo con la tristeza de un criminal arrepentido—. He robado tantos nombres y tantas vidas que usted mismo no acabaría nunca de contarlas. La última que robé fue la de un pobre recluta del Vorarlberg llamado Thadeus Dreyer. Le cambié mi muerte por el nombre de Viktor Kretzschmar y un miserable destino de guardagujas. Ya ve, padre, qué bajo precio puede hoy tener esta alma que usted se empeña en salvar.

A pesar de estas palabras y de la seguridad con que Efrussi manifestaba su decisión de extinguirse, todavía pensé en convencerlo diciéndole que, en adelante, no tendría por qué robar vidas, pues ambos volveríamos juntos a Austria, donde nos encargaríamos de olvidar aquella guerra. Él me dio las gracias con una sonrisa que quería ser calurosa a pesar del temblor que comenzaba a asomarle nuevamente bajo la barba. Sin embargo, de inmediato comprendí que su resistencia a volver sería un bastión difícil de franquear. En el fondo, yo mismo había empezado a descubrir sus motivos para estar ahí: Efrussi no estaba loco, más bien pensaba con la lógica apabullante de los derrotados, con la resignación última de un hombre expuesto a huir continuamente de una identidad que siempre le había parecido demasiado onerosa y precisa como para poder soportarla. De alguna manera, ambos habíamos querido escapar en el pasado a nuestra condición, nuestra raza y la fe de nuestros padres, y ahora, por tanto, debíamos resignarnos y enfrentar la inutilidad de aquella fuga.

Efrussi no era el tipo de hombres que anuncian su muerte sin reparos, aunque en cierta forma la había ido sugiriendo desde el primer momento. Pero yo no estaba dispuesto a permitir que se perdiese sin más aquello que representaba mi única posibilidad de redención. Antes, al verle en Belgrado, apenas pude intuir aquella verdad, pero ahora me quedaba muy claro que había decidido depositar todo mi ser en la única persona que yo, desde niño, habría querido ser. Poco me importaba que Efrussi fuese hoy un crisol de almas, una integridad conformada de nombres sin carne. Quizá él no necesitaba de mí, mas yo le enseñaría a hacerlo.

Esa noche se me ocurrió que la única forma de conseguir que Efrussi se prestase a un propósito que sólo era importante para mí tendría que hallarse en una última partida de ajedrez. Seguramente aquel hombre, reducido a la espera de una circular liberadora que nunca llegaría para él, había ido apostando su vida contra cada uno de sus compañeros de regimiento, de modo que ahora no tendría empacho en cruzar conmigo su última apuesta. La idea habría resultado extravagante en cualquier otra circunstancia, pero entonces me pareció congruente con el paisaje que se presentaba a mis ojos, así como con el esperpéntico cerbero que lo vigilaba. Si Efrussi me había esperado hasta entonces, sería porque él también ansiaba la conclusión de la partida que mi padre había interrumpido en nuestra infancia. Pero ahora los términos del juego debían ser otros: si Efrussi me derrotaba, yo le regalaría mi cadáver y mi pasaporte para que le acompañasen en su paraíso de fantasmas hasta que una bala perdida terminase con su sufrimiento. En cambio, si la partida se resolvía en mi favor, Jacobo Efrussi tendría que volver conmigo a Karanschebesch y someterse a mi afán por conservarle la vida para recuperar la mía. Aunque a regañadientes, él estuvo de acuerdo con mis términos, de modo que esa noche reemprendimos la partida sobre el tablero de nuestra infancia.

* * *

Años más tarde, en un viaje fugaz por los Balcanes, descubrí que esa vez había recorrido por lo menos diez kilómetros con el cuerpo de Efrussi sobre los hombros. Para mí, sin embargo, parecieron muchos más. Recuerdo que la bóveda celeste, abierta ya sin los ambages de la niebla, se dilataba sobre nosotros con toda su gloria, como si alardeando de su grandeza quisiese acentuar mi fatiga, la horrible sensación de estar cargando no uno, sino los cuerpos moribundos y las almas de todos los hombres que había sido o podido ser Efrussi. A aquella sazón las tropas de la Entente habían cerrado ya el camino real a Karanschebesch, así que me adentré en el bosque aun a riesgo de hallarme allí con una bayoneta clavada en el bajovientre. El cuerpo de Efrussi pesaba sobremanera, y a veces parecía que había dejado de respirar. Entonces yo me detenía un instante, lo llamaba por su nombre y recibía en respuesta un gemido que me recordaba la culpa de haberle arrancado de la muerte.

Al principio no entendí por qué Efrussi me había traicionado de aquella forma. Menos aún por qué era yo quien ahora se sentía como un traidor. Yo había hecho hasta lo imposible por salvarle, lo había arriesgado todo por devolverle al mundo. Sólo el deseo de que no se extinguiese mi última atadura con el pasado me empujaba todavía a seguir adelante. Sin embargo, a medida que flaqueaban mis esperanzas de llegar pronto hasta algún puesto de socorro, empecé a comprender que Efrussi, después de todo, no me había engañado. Debí sospechar que mi compañero había tomado la determinación de no volver a casa desde mucho antes de nuestro encuentro en la cabaña de Beljanica. Cuando aceptó jugarse la suerte en una partida de ajedrez, no lo hizo en señal de sumisión a mi egoísta afán de rescatarnos, sino para indicarme que algo había estallado dentro de él, algo que le había permitido mantenerse vivo hasta ese día y de lo cual se había liberado definitivamente al encontrarme.

Cuanto había ocurrido horas atrás me regresó a la memoria mientras surcaba el bosque a punto de desfallecer. Efrussi, pensé, debió de odiarme en verdad por haberle impedido matarse, extinguirse en paz para que su memoria, su nombre y la infatigable conciencia de su raza me acompañasen siempre. Para ello, sin embargo, yo debía derrotarle en el ajedrez. Fue poco antes del alba. En ningún momento Efrussi dio muestras de flaqueza o de renuncia, antes se defendió en el ajedrez como si en verdad deseara mi derrota. La partida se prolongó varias horas sin que mediase entre nosotros más que un distante cañoneo y el silencioso testimonio de sus muertos. Ninguna voz furibunda, ninguna mano ebria vino a arrancarnos del juego. Se diría por momentos que ambos buscábamos prolongar el juego hasta el infinito, como si sólo en ese camino hacia el inevitable desenlace fuésemos capaces de hallar un deleite largamente buscado. Mis temores de que la falta de morfina alterasen el ánimo de mi contrincante se disiparon casi de inmediato: Efrussi jugaba con una atención sostenida, propia de los maestros que arriesgan el destino en cada partida, incluso en las que entablan contra sí mismos.

Casi había amanecido cuando supimos que el rey de Efrussi estaba ya amenazado de muerte. Él contempló el tablero unos segundos, venció su rey y me felicitó llamándome Richard por primera vez. Luego, como si nada hubiese ocurrido, me sugirió que durmiésemos un rato, pues nos esperaba un viaje más arduo que el que yo había tenido que realizar para encontrarle. Quiero creer que había ya en sus palabras un dejo de renuncia que yo, obnubilado por mi victoria, no quise reconocer de inmediato. Ese aliento, sin embargo, se adentró en mis sueños un par de horas más tarde y, convertido en una vaga intuición, me llevó a abrir los ojos. Entonces pude ver a Efrussi, otra vez de espaldas, llevándose una pistola a la sien. Nunca, en mi vida, creo haberme sentido tan plenamente lúcido, tan lleno de esa habilidad de reacción que sólo tienen quienes se ven amenazados de muerte. En el instante mismo en que Efrussi accionaba el gatillo, alcancé a desviar el disparo de un manotazo, mas no tanto como para evitar que la bala le reventase una buena parte del temporal derecho. Efrussi me miró azorado unos segundos y luego cayó al suelo musitando:

—No era necesario, Richard.

Y se entregó a la inconsciencia ensangrentada con la cual había de acompañarme de vuelta a Karanschebesch.

No muy lejos del Danubio tropecé y dejé caer el cuerpo de Efrussi, quien siguió respirando como si esa caída fuese sólo parte de un calvario ensayado durante años. Su cabeza sangraba aún profusamente y estaba claro que no viviría mucho más. En ese instante habría querido odiarlo, verificar si podía escucharme desde aquella agonía que no encajaba con un hombre como él. Todos mis presagios me vinieron a la memoria mientras volvía a ponerlo sobre mis hombros. Una brutal metamorfosis había comenzado a insinuarse en un rincón de mi consciencia. Efrussi, comprendí al fin, sólo estaba dilatando su existencia a la espera de que yo adoptase sus más íntimas razones y aceptase no sólo su muerte, sino el peso abrumador de su raza, la responsabilidad en esa lucha infinita que él no había querido o no había sido capaz de lidiar, pero que yo, llevado más por amor a su fantasma que por mera filantropía, estaba obligado a asumir en su nombre.

Cuando llegué al campamento, Efrussi había renunciado a la vida. Podía sentirlo en el creciente peso de su cuerpo, en la respiración antes profunda que ahora había terminado por reducirse a un soplo ligerísimo, casi una súplica de que lo dejase partir. Creo que fue entonces cuando me avine a aceptar su herencia y su condena. Al llegar a Karanschebesch, donde los cascos de la caballería enemiga alternaban ya con los vítores de una legión de desertores, me dirigí de inmediato a la Oficina de Servicios. Tal como lo suponía, el brigada Goliadkin seguía ahí, rebuscando entre sus innumerables carpetas toda aquella información que pudiera valer de algo en el caótico futuro del mundo. Así inmerso en su desolador océano de papeles, me pareció una caricatura del propio Efrussi ante los pasaportes de sus muertos. Al verme, el brigada se puso de pie asustado y apenas se tranquilizó un poco cuando coloqué el cuerpo de Efrussi en el suelo y él pudo intuir mis rasgos bajo el manto de sangre que me cubría el rostro.

—¿Es usted, páter? —me preguntó meciendo aún su mano viuda sobre la cartuchera.

—Mi nombre es Thadeus Dreyer —respondí con énfasis mientras vaciaba ante él una hucha repleta de dinero que había hallado entre las pertenencias de Efrussi.

Entonces, sólo entonces, noté que el cuerpo de mi amigo se relajaba para siempre, como si al fin, liberado de una legión de demonios, se hubiese adentrado en el reparador anonimato de la muerte.

III

LA SOMBRA DE UN HOMBRE

Alikoshka Goliadkin
Cruseilles (Francia), 1960

Desde lejos, la casa del general Thadeus Dreyer parecía un barracón de prisioneros que los años hubieran transformado en un castillo de bruma, soberbio y negro entre las calles de Ginebra. Sus muros contrastaban dramáticamente con el resplandor vespertino de la nieve, y la luz que salía de sus ventanas superiores creaba la impresión de un felino gigantesco sorprendido en la penumbra por las linternas de una patrulla de reconocimiento. Mientras pagaba el taxi que me había conducido hasta allí, sentí que aquel edificio me vigilaba desde un instante remoto en el tiempo pero inmediato en ese rincón de la memoria donde nuestros actos inconclusos martillean con una insistencia que creíamos exclusiva del presente. De pronto todo en aquella escena, la tapia derruida del jardín, la nieve a plomo sobre los tejados de la ciudad, ese ámbar del crepúsculo que tanto se asemeja al amanecer, me resultó dolorosamente familiar. Yo había visto una nevada semejante en Ucrania hacía más de cuarenta años, y había traspuesto una cerca como aquélla con la agilidad que sólo conceden la juventud o el miedo. Al lado de una inmensa troje abandonada, dos hombres aguardaban ateridos a que yo disparase, no en la oscuridad ni contra un viejo que espera a su asesino junto a la ventana, sino a plena luz del día sobre el pecho de mi hermano Piotra, oficial de la guardia zarista. También esa madrugada, recordé, la inminente extinción de un hombre me había parecido un rito absurdo pero necesario, y también entonces sentí la urgencia de concluirlo todo antes de que un vuelco en el estómago me llevase a vaciar la entraña sobre un manto de nieve similar al que ahora ceñía mis botas como si quisiese aplazar lo inevitable.

No intenté usar mis llaves para entrar en el caserón. Sabía que Dreyer se habría ahorrado la molestia de echar los cerrojos, no por simple negligencia ante un afán de clausura que hacía tiempo se había vuelto innecesario, sino para indicar que me esperaba y que tal vez, en el fondo de su alma desastrada, había comenzado a intuir la fatalidad. Desde el instante en que empujé la puerta sentí que había algo de ofensivo en la previsible exactitud de mis movimientos, como si el sacrificio que estaba a punto de oficiar hubiese sido ensayado tantas veces en mis sueños, que había terminado por vaciarse de sentido. Una indiferencia casi festiva reinaba sobre cada uno de los objetos de la mansión. Los divanes

donde recordábamos los tiempos de la guerra hasta
adormecernos, la interminable mesa del comedor, los
tableros de ajedrez y los blasones alineados en los pasillos me acogieron con la torva familiaridad de quien ha
preparado largamente la visita de un amigo a quien
apenas reconoce. Estuve a punto de gritar con el solo
propósito de romper aquel silencio hospitalario, pero
fue la propia casa quien entonces alteró el curso de una
mascarada que hasta ese momento creí inmutable: de
repente, a medida que me acercaba a la escalera, percibí en el aire un intenso olor a pólvora que en otras
circunstancias habría reconocido de inmediato, pero
que en ese momento, temiendo acaso que Dreyer se
hubiese adelantado a mis planes, preferí atribuir al
humo de una pipa o al recuerdo desbocado de aquella
madrugada rusa, cuando mi hermano disparó su arma
disimulando apenas una mueca de desprecio.

La tarde previa Piotra y yo habíamos acordado con
los padrinos que el duelo tuviese lugar a una distancia
de diez pasos, pero ese día el rostro de mi hermano, su
pelliza y sus insignias de la guardia zarista me parecieron tan distantes como las siluetas que deseamos
aferrar en un sueño que nos huye. Piotra había elegido
sus mejores galas para la ocasión de matar a su hermano gemelo, y se había afeitado la barba como si al hacerlo quisiese acentuar las diferencias que habían regido
nuestras vidas y que finalmente nos habían llevado hasta
allí. Al verlo aparecer en la colina imaginé con fastidio
que se habría preparado largas horas frente al espejo, no
para morir o matarme, sino para que un fotógrafo hipo-

tético, oculto entre los maderos de la troje, lo perpetuase en toda su gloria de ángel exterminador. Tal vez de esa forma, pensé mientras los padrinos revisaban nuestras armas con exasperante morosidad, Piotra esperaba que su hazaña no cayese en tierra infértil, y soñaba así que el instante detenido de mi muerte pasaría de mano en mano hasta que sus atamanes, profiriendo un grito unísono de aprobación, lo enviasen de vuelta a San Petersburgo para premiarle el gesto de haber lavado con sangre mis insultos de borracho contra los cosacos que, como él, aún se mantenían estúpidamente fieles a la Madre Rusia e insistían en negar que la nuestra era y había sido siempre una raza de apátridas y mercenarios.

Pero esa fotografía no existió nunca, como tampoco existió el instante fatal que yo mismo imaginé para ella cuando mi hermano apretó el gatillo. El quimérico fotógrafo de la troje habría tenido que destruir su placa unos minutos después, incrédulo frente al cadáver del sargento Piotra Goliadkin, reprimiendo maldiciones porque no alcanzaba a entender qué había salido mal en la lógica supuestamente inquebrantable del honor. El disparo de Piotra se había alojado en mi brazo derecho con un golpe de humo, carne y hueso que me derribó en la nieve más decepcionado que herido. Un palmoteo de alas salió entonces de la troje y se perdió en el cielo mientras los padrinos corrían en mi ayuda esperando que el duelo hubiese terminado de la mejor manera posible. Pero yo, que no estaba dispuesto a perdonar el yerro de mi hermano, reuní fuerzas para gritarles que se alejaran. Su imperfecto código del honor aún me autorizaba a disparar con la mano izquierda, y sólo Piotra sabía cuánto daño podía hacerle con ella. Anoche, titubeando un instante frente a las escaleras que me conducirían hasta la habitación de Thadeus Dreyer, reconstruí paso a paso mi propio gesto al disparar desde el suelo contra aquel soldado que para mí encarnaba el más aborrecible romanticismo, y comprendí que en esa mano, que pronto volvería a matar a otro hombre absurdamente aferrado a la poesía, se encerraban todo mi poder y todas mis diferencias con el mundo. Haber matado a Piotra con esa mano izquierda, y estar a punto de repetir la proeza sobre el cuerpo viejo del general Dreyer, se me antojaron cabos sueltos de una sola vida consagrada por entero a la anulación de cuanto hay de absurdamente heroico en el espíritu humano. Nadie, pensé, podría culparme nunca de haber querido unir los extremos de aquellas dos vidas para aniquilar definitivamente el espejismo de lo sagrado y dar rienda suelta al caos, ese mal inexcusable que pude olfatear en el aire cuando el eco montaraz de mi disparo se alejó despacio del cadáver de mi hermano con el respeto que sólo el ruido sabe guardar frente a la muerte.

* * *

En diciembre de 1917, sólo unos meses después del duelo, no me fue difícil ingresar como brigada en los relevos de la infantería austríaca. A aquella sazón las tambaleantes tropas del imperio austrohúngaro se habían convertido ya en una suerte de escorial donde incluso los fugitivos de Rusia, cosacos o no, eran recibidos como héroes provisionales que, de cualquier manera, terminarían sus días en las trincheras. Es verdad que mi aspecto en cierto modo atrabiliario, mi pasaporte ruso y mi torpeza para hablar el alemán nunca dejaron de causar suspicacia entre mis superiores, pero en aquel entonces nadie podía determinar a ciencia cierta a qué bandera debía fidelidad un hombre nacido en las riberas del Don. Pocos años atrás cien mil cosacos se habían hecho matar en los Cárpatos contra los prusianos. Y ahora otros tantos luchaban por el Káiser y el Emperador sobre la esperanza de que éstos sabrían arrebatar a Kerensky un pedazo de tierra rusa donde enterrar a sus muertos. El inútil y eterno peregrinar de los jinetes ucranianos, divididos siempre entre la lealtad a su raza y las promesas incumplidas de recibir un día, en pago a sus servicios, una nación por demás improbable, se repetía así con su acostumbrado saldo de traiciones, masacres y desengaños. Sólo en Ucrania, asolada ya por la revolución bolchevique, se destazaban sin piedad guardias blancas y rojas para quienes nuestros mercenarios actuaban una vez más, indistintamente, como carne de cañón. Muchos de ellos, sin embargo, seguían negando, como mi hermano, el hecho de que la suerte de un cosaco sólo puede ser la de un exiliado o un superviviente. Así pues, dudar entonces de la lealtad de un cosaco en la Primera Guerra Mundial habría sido un despropósito, un trámite tan innecesario como preguntarse si también los croatas o los ulanos que aún luchaban al lado de los austríacos se mantendrían fieles a un imperio que comenzaba a disolverse en la historia con la urgencia de un demonio frente a la misa de vísperas.

Ni que decir tiene que una guerra como aquella, desastre absoluto de todo aquello en lo que alguna vez creyeron mi padre y mi hermano, debía de ser para mí algo más que un simple refugio. Era más bien una suerte de paraíso invertido, idóneo para la confirmación de mi escepticismo, que no tardé en apropiarme como si hubiese sido fraguado sólo para darme la razón por haber asesinado a Piotra y todo lo que él representaba. Hacía tiempo que mis últimas reservas de lealtad y de poesía se habían desangrado sobre la nieve de Ucrania, y de ellas sólo me quedaba ahora el penoso recordatorio de mi brazo mutilado, un muñón reseco cuya sola existencia bastaba para recordarme los motivos del duelo y situarme en las lides del desprecio y la negación más radical de cuanto tuviese que ver con lo que mi padre, alguna vez, llamó el orden divino de las cosas. En ocasiones, sin embargo, aquel apéndice inservible, similar a la aleta de un pez ciego y repugnante, me llevaba a temer que la muerte de mi hermano no hubiese bastado para saldar mi asignatura pendiente con su aberrante idealismo, y me atormentaba recordar que, después de todo, al asesinar a Piotra yo no había conseguido exterminarle ni borrar la aborrecida figura de mi padre, sino que de alguna forma había conseguido eternizarles. Mi hermano había muerto sin darme tiempo siquiera para sacarle de su error y me había evitado el placer de contemplar su desengaño. Por eso, su ausencia me había arrojado en una realidad tan endeble, que por momentos yo mismo llegué a temer que en alguna parte de mi alma quedase aún cierta virtud teñida de remordimiento o incluso de compasión hacia los hombres. Poco podía hacer yo para arrancarme aquellas dudas, y si bien lograba a veces olvidarlas, éstas insistían en materializarse en forma de un sueño recurrente y nítido: estaba de vuelta en Ucrania y cabalgaba al lado de mi hermano en la ribera septentrional del Don. Un desordenado regimiento de cosacos nos observaba en silencio desde la otra orilla, como si envidiara la pueril serenidad con que Piotra y yo nos desplazábamos por aquel incierto territorio al que ellos no podían acceder. De repente oía a mis espaldas la voz de mi abuela, la única persona por quien creo haber sentido algo similar al afecto, burlándose también de la nación cosaca y recordando entre risas el entierro del poeta Lérmontov, el último y más torpe de los románticos. Hablaba sin resentimiento, más bien exhausta después de ochenta años de penurias a orillas del Caspio, y narraba el duelo del poeta como una mala broma, la postrer bufonada de un señorito carente de imaginación.

—Ese infeliz se dejó matar como Pushkin —murmuraba ella con una de esas sonrisas inmateriales que sólo pueden esbozarse en sueños—. Ni siquiera tuvo

las agallas para inventarse su propia muerte —y volvía
a relatarme el duelo de Lérmontov con la minucia de
quien cuenta un chiste viejo que sólo a ella parecía gra-
cioso.

Entonces Piotra, enfurecido, alzaba el fuste y azotaba mi caballo como si sólo éste fuese culpable de las
burlas de mi abuela. Más que rabia, sus golpes me pro-
ducían una súbita y arrolladora desolación, y yo entonces alzaba la mano izquierda para aferrar aquel látigo
que de repente se convertía en mi brazo derecho, san-
grante y frágil como un gazapo. Piotra, entre tanto, cabalgaba ya sobre las aguas del río y se unía a su regimiento de cosacos anunciando a gritos la derrota de un
traidor.

Aquel sueño me acompañó durante meses por las
sendas que la guerra me fue abriendo en el confín
oriental de Europa. Bohemia, Bulgaria y, finalmente,
Serbia, me vieron transitar por sus trincheras convertido en un espíritu manco a quien el fusil pesaba menos que la sensación de haber dejado una cuenta pendiente en el campo del honor. Por fortuna, la sangre y
la creciente devastación que me rodeaban fueron di-
solviendo poco a poco esas visiones hasta que al fin,
cuando mi regimiento fue enviado a los Balcanes, creí
haberlo olvidado. Ni por un instante pensé entonces
que, en realidad, el duelo contra los espectros de mi
hermano o de mi padre no había hecho sino comenzar,
y que el destino tenía guardada para mí su mejor
carta, un revés inesperado que tardaría más de cuarenta años en resolver la partida que Thadeus Dreyer

y yo estábamos a punto de emprender en un pueblo miserable y devastado a las orillas del Danubio.

* * *

Entre los pocos papeles que anoche pude rescatar del caserón tras la muerte de Thadeus Dreyer, casi todos relacionados con sus manías de senil ajedrecista y los largos años que pasó en Suiza desde 1943, hallé una docena de hojas sueltas donde el general intentó alguna vez describir los pormenores de nuestro encuentro en el frente de los Balcanes y los motivos que le llevaron a apropiarse de un nombre que no le pertenecía. El relato, dicho sea de paso, no tiene ni pies ni cabeza, abunda en contradicciones y remembranzas cuyo desorden mayúsculo refleja sin duda el estado en que su propia alma debió de hallarse en el discurso de las semanas que pasó en el pueblo de Karanschebesch, la última avanzada de Austria-Hungría frente al desastre danubiano. Me parece verlo el día que lo hallé en mi oficina con el rostro descompuesto, sin saber dónde ocultar sus manos de turbio adolescente y exigiendo de mí una afirmación que yo entonces no quise darle. Alto y delgado como una aguja catedralicia, Richard Schley tenía el aire de un asceta a quien las circunstancias han tenido que arrancar de una larga reclusión. Sus gestos traslucían a primera vista una seguridad inusitada para sus años, pero detrás de ellos era fácil distinguir la semilla de lo que pronto sería el descalabro de sus convicciones. Había llegado no hacía mucho a los Balcanes como diácono del capellán Ignatz Wagram, un cura fanático que pronto terminó sus días destrozado por las bombas del enemigo, y a partir de entonces el seminarista se había visto obligado a asumir las funciones de la capellanía a la espera de un relevo de la curia que parecía no llegar nunca. Antes, cuando ambos hombres pasaban frente a mi improvisada oficina de servicios en Karanschebesch, me daban la impresión de una familia cercenada que no acaba de acostumbrarse a compartir la viudez y la orfandad. En aquel tiempo el muchacho se dejaba guiar por la guerra con una sumisión muy parecida al asombro, y andaba siempre al lado del sacerdote aferrándose a una voluntad de heroísmo que me hizo aborrecerle de inmediato y recordar el torvo idealismo de mi hermano. Nunca, en los años que pasamos juntos, quiso él hablarme de su relación con el sacerdote, mas no era difícil comprender que debía a su extinción una parte considerable del caos espiritual en que se hallaba cuando le conocí. De la noche a la mañana la muerte del padre Wagram debió de vencer en él toda resistencia a las verdades del horror, y le arrojó en un yermo donde sólo veía crecer rastrojos, gestos adustos o medrosos que le enfrentaban con el hecho indiscutible de que en ese lugar no había espacio para el heroísmo, menos aún para la fe que muy probablemente le había conducido hasta allí. Cierta tarde le escuché decir con afectada firmeza:

—A veces, Goliadkin, me pregunto si el padre Wagram no habrá merecido, él también, un puesto en el infierno.

Debo reconocer que al principio este tipo de confesiones provocaba en mí la molesta sensación de quien se ve obligado a escuchar las intimidades de un extraño que no ha pedido nuestro aval para brindarnos su amistad. Más adelante, sin embargo, aprendí a escuchar el rumor de carcoma que transitaba por debajo de sus palabras, y me convencí de que aquel hombre representaba mi oportunidad para finalizar la misión destructora que había quedado inconclusa con la muerte de Piotra. Quizá mi suerte había llevado hasta mí a aquel joven seminarista para que yo, asistido por la guerra, allanase el camino de su ruina y acabase así de desgastar su alma para luego conservarlo a mi lado, no como un cadáver en el campo del honor, sino vivo, palpitante y pleno en su desencanto.

Pero el chico no iba a ceder tan fácilmente a mis propósitos de pisotear su alma y preservarle a mi lado como si se tratase de una reliquia, el ejemplo incuestionable de la mezquindad del mundo. Una noche, sin previo aviso, me anunció que al fin había llegado al campamento el relevo del padre Wagram, lo cual ahora le dejaba en libertad para atravesar el Danubio y rescatar de las trincheras a un antiguo camarada suyo que se hacía llamar Thadeus Dreyer. La noticia me sorprendió como si estuviesen a punto de arrebatarme una joya de valor incalculable. Como un amante que no se resigna al abandono, en vano intenté disuadirle de aquel viaje suicida, en vano quise convencerme de que su muerte en las trincheras debía ser el final lógico de una historia como la suya. Ahora las circunstancias parecían encaminadas a repetir en el seminarista el destino de mi hermano y a dejarme una vez más con la memoria de un muerto imberbe y heroico. Algo había en el afán de aquel chico por adentrarse en el frente que desentonaba con la ruina que yo había querido ver en él. Su rostro ahora reflejaba el ánimo de quien ha criado amorosamente una parvada de palomas y se niega a reconocer que éstas se han convertido al fin en una plaga intolerable. El gorjeo infinito que retumbaba en su cerebro impedía que obrase en él ese mínimo reconocimiento del mal que yo necesitaba para olvidar definitivamente el rostro de mi hermano. Por eso, cuando su insistencia llegó al extremo de lanzarle a las líneas enemigas en busca del regimiento del tal Dreyer, no tuve más remedio que verlo partir con la única esperanza de que muriese desencantado antes de encontrar esa unidad perdida, esa fe que el recluta Dreyer guardaba para él en algún profundo rincón de su pasado. En verdad, poco más podía yo hacer para prolongar su ruina y forjar eternamente en su rostro la agonía que yo habría querido para Piotra.

* * *

A veces, decía mi abuela, no bastan una barba o una cicatriz para determinar el contraste entre un hombre y su gemelo. Son otras las distinciones con las que la propia naturaleza pretende enmendar la falta de haberse repetido. Las suyas suelen ser diferencias tan sutiles como un lunar impúdico, una variante mínima en la coloración de las pupilas o el dominio poco usual de una mano que el resto de los mortales prefieren mirar como atributo del demonio. Recuerdo aún con claridad la tarde de mi infancia en que mi abuelo cargó en la mula del tendero un galón de aguardiente, una soga y un fuste de roble con el que esperaba exorcizar mi zurdera. De nada sirvieron los insultos que mi abuela profirió ese día contra su marido, su yerno y todos aquellos que siguieron creyendo hasta el fin que la simetría era la única forma cristiana y honorable de transitar por la vida. Mi propia madre se había extinguido años atrás ante la ira de aquel soberbio atamán que confiaba ciegamente a los rigores de su brazo y del alcohol la enmienda de cualquier falta, cualquier perturbación de lo que él consideró siempre el orden divino de las cosas. Ignoro hasta qué punto mi abuelo creyó haber alcanzado sus propósitos de corregir a golpes mi siniestra inclinación, pero estoy seguro de que allí, en algún oscuro lugar de su conciencia, supo siempre que la naturaleza terminaría por imponer la diferencia entre sus nietos. Yo mismo, con el tiempo, he llegado a pensar que sus temores, su encono hacia mí y su notable preferencia por mi hermano, eran hasta cierto punto justificados, pues mi zurdera ha terminado por parecerme efectivamente un regalo luciferino, uno de esos privilegios mínimos y transgresores con los cuales un gemelo puede sobrellevar la ironía de ver siempre su propio envejecimiento, su propia irremediable humanidad instalada en un rostro que le imita con macabra precisión y encarna arteramente lo más aborrecible de uno mismo.

Poco antes de que mi regimiento fuese movilizado a Karanschebesch volví a casa para asistir al entierro de mi abuela, y descubrí en el sótano de mi casa paterna el fuste que había servido en otros tiempos para desangrarme la zurdera. Alguien me dijo entonces que mi padre había llevado consigo aquella arma nefasta hasta el último día de su vida, cuando los fusiles turcos lo aniquilaron en una de las muchas guerras que lidiaron vanamente los cosacos en aras de la patria rusa. Pensar que aquel héroe grotesco se habría aferrado a tal objeto como a un símbolo de su fe en lo intransigible, me produjo una repugnancia similar a la que antes había sentido frente a las insignias de Piotra o a la que experimentaría meses después cuando viese surcar el Danubio a mi joven seminarista. Que un cosaco muriese por los rusos mendigando así el espejismo de una patria escurridiza e improbable, o que cualquier otro creyese que es legítimo arriesgar su vida por sus semejantes, me parecieron empeños tan burdos como querer enmendar a golpes la zurdera de un niño. No son ni pueden ser de ese tenor las reglas que gobiernan este mundo. A nosotros ahora sólo nos toca allanar el sendero que conduce irremediablemente a la destrucción de lo sagrado y hacernos a la idea de que no hay lugar para la poesía en la triste zona del universo en la que hemos sido recluidos. Desde la muerte de Piotra he consagrado cada instante de mi existencia a demostrar que los ritos del honor y la lealtad son privilegio de los débiles, y quiero creer que al menos Dreyer acabó por entenderlo así durante los tres días que pasó en las trincheras balcánicas en busca de aquel recluta cuya vida terminó por ser menos importante que su nombre.

Los días que siguieron a la partida del seminarista recorrí el campamento procurando reunir todo el dinero y toda la información que pudiera servirme para sobrevivir de la mejor manera posible en un futuro que ya para entonces se antojaba caótico. Así pude enterarme de muchas de las actividades del tal Dreyer mientras éste estuvo en el campamento, casi todas fuera de los márgenes de la normativa militar, que debieron de allegarle cantidades sustanciosas de dinero, amén de un envidiable ascendente sobre sus superiores. Quienes le conocieron y aún vivían para contarlo, hablaban de él con admiración y resentimiento, y no fueron pocos los que me ayudaron a confirmar mis sospechas de que aquel hombre no era quien decía ser. De rasgos inequívocamente judíos y acento marcadamente vienés, Thadeus Dreyer era a todas luces un nombre falso, y así me lo había hecho saber con antelación mi joven seminarista. No obstante, corría el rumor por el campamento de que el recluta llevaba sobre su conciencia no una, sino innumerables suplantaciones cuya naturaleza, sin embargo, nadie acababa de explicarse. Que alguien hurtase una identidad era asunto por demás común en esos tiempos, y debo reconocer que también esas suplantaciones me parecieron siempre signo inequívoco de que los hombres, después de todo, eran capaces de cualquier cosa con tal de sobrevivir en el frente. No obstante, el recluta que había obsesionado a mi joven seminarista, y al que él había llamado alguna vez Jacobo Efrussi, no acababa de encajar en la idea que yo mismo tenía de la suplantación como un recurso invaluable para la supervivencia. Por más que lo intentaba no podía comprender por qué un judío habría renunciado no una, sino varias veces a su nombre cuando éste, en esa guerra al menos, le habría evitado llegar al frente. Es verdad que los judíos nunca fueron bien vistos en el imperio austrohúngaro, pero la gran mayoría supo aprovechar su condición, su fortuna y el recelo que solían provocar entre los gentiles para evitar el reclutamiento. A veces, por tanto, me preguntaba si el tal Dreyer no estaría también iluminado por el desencanto y que, como yo, habría sabido encontrar en la guerra y en el engaño una trinchera invaluable para la supervivencia. ¿No había sido también el bíblico Jacob el señor de los suplantadores? La idea no dejaba de resultar atractiva cuando recordaba el gusto con el que mi propia abuela solía burlarse de aquel pasaje de las Escrituras donde un par de gemelos se habían prestado al engaño y al más oprobioso intercambio de identidades. Así y todo, ante Dreyer la imagen de esa especie de místico defraudador se derrumbaba una y otra vez frente al hecho indiscutible de que aquel hombre no había usado su poder para embaucar a los otros, sino para terminar con una inescrutable multitud que se encontraba dentro de sí mismo y de los muchos nombres que habría ido robando a lo largo de su vida.

* * *

Tres días tardó el muchacho en regresar a Karanschebesch, y en todos ellos, igual que la primera vez, Piotra volvió a atormentarme en sueños. Pero, en esta ocasión, vino a sumarse al sueño un elemento que me inquietó sobremanera: ahora no era Piotra quien fustigaba mi caballo ni era yo quien lo montaba. El recluta Thadeus Dreyer y el seminarista se alternaban esta vez los papeles de mi pesadilla como si se tratase de una mala comedia. Los cosacos al otro lado del Don habían desaparecido, y en su lugar se hallaba una multitud sin nombre y sin rostro cuyos uniformes parecían surgidos de un reino imaginario y esperpéntico.

Una tarde me despertó de aquel sueño un ruido de cascos sobre los adoquines de Karanschebesch. Alguien gritó afuera que el enemigo había comenzado a cruzar el Danubio. La voz de alarma retumbó en los muros de mi oficina y acabó por devolverme a la vigilia. De inmediato me puse de pie y comencé a rebuscar entre mis cosas el dinero y los documentos que había ido reservando para mejor sobrevivir en mi huida. En ello estaba cuando irrumpió en la oficina una sombra de dos cabezas que parecía arrancada de una pesadilla ajena que de pronto hubiese invadido la mía. Quise llevar mi mano a la cartuchera, pero descubrí de improviso que bajo aquel manchón de sangre y fango se ocultaba mi joven seminarista. Ahora su rostro era firme y seguro. Se diría que su estancia en las líneas enemigas le había hecho madurar hasta casi envejecerle. Sin decir nada, había entrado en el desastre de mi oficina con un cuerpo sobre las espaldas, y lo depositó amorosamente en el suelo con el suspiro de quien se despoja de una armadura muy pesada e inservible. Entonces me pareció que llevaba finalmente inscrito en algún lugar de su alma el signo indeleble de los supervivientes. Este hombre, pensé, ha perdido el alma, y ahora yo cuidaré de que jamás vuelva a tenerla. El seminarista, entre tanto, se había erguido ante mí con toda la magnificencia de su propia ruina.

—Mi nombre es Thadeus Dreyer —dijo de golpe vaciando sobre mi escritorio una hucha tintineante y un atado de sangrientos pasaportes en los que al fin creí reconocer su resignación a someterse a las leyes del oprobio, mis leyes.

Recuerdo que tuve deseos de abrazarle como si sólo a mí correspondiese darle la bienvenida al mundo, pero él se mantuvo firme unos segundos ante el cuerpo de su compañero como si esperara que el alma de éste abandonase definitivamente la habitación para adueñarse al fin y por completo de su nombre. Afuera, los cascos de la caballería enemiga retumbaban ya sobre el puente del Danubio, adensando en torno a nosotros la crepitante atmósfera de muerte y huida que se abatía ya sobre los tejados de Karanschebesch. Por un instante, confundido por el gesto melancólico del nuevo Thadeus Dreyer, temí que su flamante impostura no se debiese a la resignación, sino que tal vez respondía a motivos distintos de los que yo mismo quería atribuirle. No obstante, me consolé pensando que, como quiera que fuese, la impostura que el chico acababa de realizar había de hermanarnos indisolublemente. Después de todo, la identidad que él acababa de apropiarse procedía seguramente de otros hombres, y ésta ya no pertenecía a nadie, sino que vagaba en la noche de los tiempos como si sólo aludiese a una masa fantasmal a la que yo me encargaría de dar forma aunque en ello se me fuese la vida.

* * *

Viena nos recibió en diciembre de 1918 con el espectáculo de su derrota. Más que una guerra, parecía que el universo entero había terminado en nuestra ausencia. En el frente nos habíamos acostumbrado a creer que cada día sería el último del mundo, de ahí que el retorno a casa nos sorprendiese con la vaga sensación de haber caído en el delirio de un soldado agonizante. Cada rostro, cada objeto se movía allí al compás de una maquinaria triste y amortiguada, como si los vencedores nos hubiesen regalado un motor de juguete para impulsar la inmensa chatarra del imperio. Las columnas de Schönbrunn sostenían ahora un palacio absurdamente grande en cuyos corredores reinaban pellizas y uniformes sin cuerpo, petos oxidados y estandartes que sólo habrían servido para sacudir el polvo de las estanterías saqueadas. Frente a sus muros transitaba sin prisa una multitud espectral que miraba amargamente los parques desiertos, las cafeterías clausuradas o sus propios rostros reflejados en las vitrinas de una tienda que exhibía maniquíes desnudos y remataba sombreros que nadie volvería a usar. El tiempo en la ciudad se había dilatado de manera tan brutal, que por momentos se antojaba inexistente.

Durante varias semanas recorrimos aquellas avenidas sobre un carretón que Dreyer, ante mi insistencia, había confiscado a una familia de polacos que tuvo la desgracia de cruzarse en nuestro camino. Lo hizo a regañadientes, amagando a los viajeros con el pesar de quien suprime a un perro enfermo que lo ha acompañado desde niño. Ahora, no obstante, parecía decidido a asumir con plenitud las consecuencias de su decepción y su impostura. En cuanto volvimos a Austria se entregó a mis designios con la sumisión de quien no tiene ya otro propósito que la supervivencia ni más ideales que el poder desnudo, expoliado por completo del más elemental sentido de las endebles reglas que separan al bien del mal. Huraño pero complaciente, dejó que fuese yo quien nos condujese por los vericuetos de aquel grato desorden plagado de prostitutas, soldados ebrios, mercaderes de muerte y multitudes hambrientas no de paz, sino de aquellos ideales torvos que, al cabo de unos cuantos años, nos conducirían una vez más a la guerra. Yo mismo llegué a asombrarme con la capacidad de Dreyer para alternar en esos tiempos las máscaras del engaño. Era como si se hubiese propuesto exponer frente a sí mismo el abanico de todas sus miserias, de todos los errores posibles, y lo logró en forma tan completa y desoladora que casi llegó a despojarse por entero del ingenuo espíritu que lo había acompañado antes de robar el nombre de Thadeus Dreyer. Poco a poco, durante los años de sangrías, revoluciones y atropellos que sacudieron a Austria después de la Primera Guerra Mundial, Dreyer avanzó en su tarea de trasponer cualquier obstáculo que pudiera poner en riesgo nuestra supervivencia, y cuando finalmente vio disolverse la memoria del hombre que había sido en su juventud quedó sólo aquel que realizaba el trabajo sucio de prevalecer a cualquier costa. Un personaje ambiguo y transgresor había cobrado forma en el centro de su ser, y éste comenzó a tomar parte en los episodios de nuestra vida sin que nada pareciese lo bastante poderoso para contenerlo.

No pasó mucho tiempo antes de que mi testimonio sobre el desempeño de Thadeus Dreyer en el frente de los Balcanes, amén de algunas monedas sabiamente distribuidas en un país ávido de héroes y desgastado por sucesivas revoluciones, le consagrasen como un héroe de guerra. Un falso historial de demenciales hazañas bélicas, donde el rescate fallido de su compañero de infancia era sin duda el capítulo más elocuente, le hicieron merecer muy pronto la Cruz de Hierro, y le transformaron así en uno de tantos veteranos que transitaban por las calles de Viena o de Berlín despidiendo a su paso ese aire entre macabro y respetable que, hacia 1932, requería el boyante Partido Nacional Socialista Austríaco para imponerse sobre los restos de la raza germana. En ese tiempo Dreyer supo defender con ahínco una admirable capacidad mimética que resultaba casi contagiosa y lo hacía aparecer ante el mundo como un hombre de las más firmes convicciones, capaz de arrastrar multitudes a inmolarse por los ideales del partido y por el propio Hitler. Los jóvenes austríacos y alemanes que entonces desfilaron por su casa atraídos por el decadente esplendor de sus orgías, sus encendidos artículos en el *Sturmer* o sus promesas de un futuro regio y colectivo al lado del Führer, veían en él la encarnación misma del espíritu pangermánico, y tanto, que los propios oficiales del partido no tardaron en apreciar su destreza para moldear los espíritus más reacios y los rostros más refractarios a disolverse en la amorfa multitud de marchas y banderas con las que esperaban dar un nuevo cariz a los despojos de Austria y Alemania. Así, pocos días después de que Hitler se erigiese como canciller del Reich, Dreyer propuso al mariscal Hermann Goering un proyecto que había de convertirse en epítome de su existencia. Dreyer no fue muy prolijo al relatarme los pormenores de aquella entrevista ni los mecanismos precisos con los cuales pensaba llevar a cabo su cometido, pero el objetivo de su misión quedó muy pronto delineado con una claridad abrumadora. En una palabra, lo que Dreyer había propuesto a Goering era que le apoyase para entrenar a una pequeña legión de impostores que tomarían ocasionalmente el lugar de los jerarcas del partido en apariciones públicas consideradas de alto riesgo. El proyecto, desde luego, era en sí mismo bastante aventurado, y es incluso verosímil que el propio Goering, al aceptarlo con especial entusiasmo aunque exigiendo una absoluta discreción, estuviese acariciando desde entonces la posibilidad de dar a aquellos suplantadores un uso mucho más lucrativo que la mera seguridad de sus colegas y superiores. Como quiera que sea, a partir de ese día Dreyer asumió aquel trabajo sin detenerse a pensar demasiado en lo irónico o lo comprometido de su situación, y comenzó a buscar por todos los confines del imperio hombres grises e inconsistentes, soldados maduros de medio pelo, adolescentes desconcertados y, sobre todo, inquietos jugadores de ajedrez que él, más adelante, se encargaría de transformar en auténticos peones del poder, no sólo amoldando su aspecto físico a las efigies vivientes del partido nazi, sino borrando sus vidas y sus mentes para luego inscribir en ellas lo que él o sus superiores creyesen oportuno inculcarles. En realidad, dudo mucho de que Dreyer haya creído nunca en sus propios argumentos para consagrar sus esfuerzos a la creación de una hueste de suplantadores, pues a esas alturas le importaba muy poco lo que hiciesen o dejasen de hacer los nazis. Sólo buscaba hallar los medios que en un futuro pudiesen acercarle a los poderosos, cualesquiera que fuesen sus ideales o sus motivaciones. Su existencia, en fin, había caído en un remolino del cual ni él mismo tenía esperanzas de librarse. Su verdadera misión, la única, consistía en dejar que le arrastrase el curso desorbitado de su existencia. Otras serían sus preocupaciones, otro su destino. Y sólo el tiempo, encarnado en la figura de un joven y oscuro oficial de las SS llamado Adolf Eichmann, le ayudaría a conocer de una vez y para siempre la forma de abandonar la corriente salvaje de su suerte.

* * *

Desde que le arrestaron en la ciudad de Buenos Aires, hace apenas unas semanas, el nombre de Adolf

Eichmann ha comenzado a invocarse en todas partes con rencor y desprecio. Antes de la guerra, sin embargo, nadie podía prever que aquel nombre, su historia y los crímenes que ahora le atribuyen se convertirían en el signo inequívoco de esos años. Sus camaradas le conocieron siempre como el Rabino, y al verle no era difícil entender de dónde procedía tal sobrenombre. Incluso entre los jerarcas del ejército nazi se imponía con frecuencia un cierto escepticismo racial hacia aquellos oficiales cuyo aspecto no se ajustaba a los rigores de la frenología aria. En cualquier caso, Eichmann nunca se dio por enterado del infamante epíteto. Había nacido en Solingen ocho años antes de comenzar la Primera Guerra Mundial y era evidente que su aspecto de hombre ordinario, sazonado aquí y allá por facciones de una sospechosa prosapia semita, le habría valido más de un contratiempo en los albores de su carrera militar. Quizá por eso alimentaba ahora un enconado desprecio hacia los judíos y se esmeraba en conocerlo todo acerca de ellos. Desde la adolescencia había aprendido a hablar hebreo con una fluidez desconcertante, y era capaz de recitar íntegras las incontables plegarias del sabaath. En cambio, casi nunca decía nada de sí mismo ni del modo en que había llegado a ganarse la confianza del general Heydrich a una edad y en un tiempo en que la mayoría de los jóvenes germanos apenas sopesaban la posibilidad de alistarse en las fuerzas del Reich. Era como si todo lo relacionado con su vida anterior y su discreto aunque vertiginoso ascenso por los peldaños del poder le pareciese aún muy poca cosa comparado con el futuro que él mismo pensaba fraguarse en el ejército nazi. Caminaba siempre con el vaivén nervioso de una pequeña locomotora desbocada, agobiante y agobiado por una inercia insostenible que sólo conseguía olvidar frente a un tablero de ajedrez. Sólo entonces su cuerpo adquiría una inmovilidad de esfinge con la que hacía perder el sosiego a sus contrincantes. En muchas ocasiones conté los minutos que se tomaba para mover sus piezas en partidas particularmente difíciles, y nunca, en verdad nunca, le vi pestañear dos veces entre un movimiento y otro.

Lo habíamos conocido en Praga en 1926, cuando errábamos por los vestigios del imperio durante los años inciertos de la República de Weimar. Los sábados Dreyer y yo asistíamos a un café de aspecto malparado que ostentaba el cuestionable honor de albergar al único círculo ajedrecístico en tierras bohemias. Cada semana, con religiosa fidelidad, jugaba ahí una veintena de individuos alarmantemente parecidos entre sí. Viajantes, burócratas, inspectores de pesos y medidas, escribientes de despachos jurídicos que aguardaban ansiosos el fin de semana para disputarse aquellos mundos blanquinegros con napoleónica avidez. Dreyer se impuso sobre ellos en unas cuantas sesiones, y quizá las cosas no habrían pasado de un simple alarde de aficionados si Eichmann no hubiese irrumpido una tarde en el café dispuesto a defender aquel reducto ajedrecístico como si fuera suyo. Eichmann pidió licencia para jugar con las negras, a lo que Dreyer accedió sin demasiada convicción, más bien sumiso, como si entre ellos se hubiese impuesto desde hacía años un alternativo código de juego donde ciertas reglas habían pasado al ámbito de lo incuestionable. Esa vez, tras una suspensión de horas digna de un daguerrotipo, la partida terminó en tablas. Era de madrugada cuando Eichmann, con impositiva caballerosidad, pidió a su oponente que le acompañase a su hotel para emprender un nuevo combate. Pero Dreyer, para mi sorpresa, rechazó la invitación argumentando en falso que debíamos partir de inmediato hacia Berlín. Cuando salimos del café, me dijo con la inapelable palidez de quien se siente obligado a dar una explicación no pedida:

—Créame, Goliadkin. Ese muchacho está enfermo, muy enfermo.

Pero fue él quien esa noche cayó fulminado por una fiebre terciana que le duró por lo menos un mes, y llegó a estar tan mal que por momentos creí que aquel encuentro le hubiese arrancado de raíz su gusto por el ajedrez y por la vida.

Varias veces a partir de entonces volvimos a encontrarnos con el joven Adolf Eichmann, pero Dreyer hizo cuanto estuvo en sus manos por posponer la partida que ambos habían dejado pendiente en aquel café praguense. El propio Eichmann comprendió muy pronto que hay ciertas cosas que un hombre debe evitar para mantenerse en la cordura, y tuvo así que conformarse con la oferta de una estrecha convivencia que, sin ahondar nunca en las lides del afecto, estableció entre ellos una vaga complicidad que nunca acabó de agradarme. Es verdad que Eichmann, detrás de su aparente mediocridad, detentaba una envidiable capacidad para manipular y destruir a sus semejantes, pero lo hacía siempre convencido de que la aniquilación de ciertos individuos se justificaba en la medida en que sus restos mortales servirían sólo para reordenar el mundo. En hombres como él o como mi padre, el mal, la muerte y la violencia no existen por sí mismos, son meros instrumentos de transición hacia un orden mítico y moralmente correcto que, no obstante, lleva en sus orígenes la simiente de su propia ruina, la señal inaplazable del caos al que estamos condenados. Si bien es cierto que también mis andanzas al lado de Thadeus Dreyer discurrieron siempre sobre los recios términos de la devastación, jamás me sentí tentado a admirar el arrasador espíritu de Eichmann. Antes habría preferido creer en la bondad intransigente de mi hermano o el hiriente escrúpulo del casi olvidado seminarista de Karanschebesch, que someterme a la maldad utilitaria de Adolf Eichmann, pues ésta me parecía aún más burda y, por lo tanto, menos tolerable que el más ciego acto de filantropía.

Mucho se ha especulado en estas últimas semanas sobre la medida en que Eichmann contribuyó al diseño de la gran hecatombe de judíos que había de llevarse a cabo durante la segunda guerra. Puedo asegurar, sin embargo, que aquel oscuro vendedor de gasolina ascendido en unos cuantos años a capitán de Himmler carecía en el fondo del valor mínimo indispensable para acatar la auténtica dimensión de los males que él mismo estaba dispuesto a desencadenar:

Cierta noche, a mediados de 1942, Eichmann se presentó en nuestro pequeño apartamento berlinés para anunciarnos que el general Reiynhard Heydrich le había encomendado en Wansee hacerse cargo del exterminio de los judíos que aún quedaban en el Reich. Hasta ese momento el problema de los judíos había llegado hasta nosotros como un asunto vago y minimizado con insistencia en un mar de elipsis legales o políticas donde al menos era posible autoengañarse con palabras tales como *movilización* o *deportación*. Pero ahora las palabras de Eichmann no daban lugar a ningún tipo de equívocos. Semejante indiscreción en un oficial del Reich habría asombrado a cualquiera en esos tiempos, más aún viniendo de un hombre como él. Sin embargo, pronto supimos que Eichmann, abrumado acaso por el peso de la misión que estaba a punto de asumir, había ido a buscar a Dreyer para suplicarle, casi ordenarle que emprendiesen la partida tantas veces aplazada. En cuanto le vimos entrar, serio y descompuesto como un reo de muerte, comprendimos que algo bestial y definitivo estaba a punto de liberarse en el interior de aquel hombre, y que ahora éste necesitaba vencer a Dreyer para apaciguar una sombra de escrúpulo que le espoleaba las entrañas. Esa noche, abrumado él mismo por la confesión de Eichmann, Dreyer apenas opuso resistencia. Perdió o se dejó ganar en tres partidas sucesivas mientras Eichmann, incapaz por otro lado de concentrarse en el juego, pontificaba contra los judíos y enunciaba cada una de las razones por las que el régimen había decidido encomendarle su exterminio. Dreyer, por su parte, lo dejó hablar sin tregua ni sentido hasta el amanecer, y por momentos me dio la impresión de que el suyo era justamente ese silencio cómplice y afirmativo que su contrincante había ido a buscar en él.

Al día siguiente, sin embargo, Dreyer me exigió que le acompañase de inmediato a Viena. El complaciente silencio de la noche anterior había desaparecido por entero de su rostro y ahora éste reflejaba la presencia de ánimo de quien al fin ha descubierto el verdadero sentido de sus días en la tierra. Cuando llegamos a Viena caía sobre la ciudad una llovizna helada y fatigosa. Sugerí a Dreyer que nos refugiásemos en una modesta pensión de las afueras, pero él insistió en que fuésemos de inmediato al gueto de la ciudad. Llovía a torrentes cuando al fin nos detuvimos entre los restos de lo que en otros tiempos había sido la joyería de un tal Isaac Efrussi. Aquí y allá el agua arrastraba aún montones de ceniza y afilados trozos de vidrio. Nadie estuvo ahí para decirnos cuándo o cómo había ocurrido el saqueo. Entonces, frente a la escalinata de la joyería, la infinita tristeza de los mártires que ahora amoldaba los pensamientos de Dreyer emergió en forma de un llanto desconsolado por la memoria de aquel viejo joyero de cuya suerte nunca volvimos a saber nada.

* * *

A partir de esa noche los encuentros de Dreyer con el coronel Eichmann se multiplicaron de manera alarmante. Unidos por su común pasión al ajedrez, se enfrascaban durante horas en conversaciones que indefectiblemente terminaban en lo que Eichmann llamaba el problema judío. Mientras conversaban, Dreyer se ceñía a la mansedumbre de un discípulo que espera recibir instrucciones precisas para dinamitar un puente o disparar contra un personaje ilustre. Pero al marcharse Eichmann, mi compañero se dejaba caer en un diván, bebía hasta embriagarse, y con frecuencia emprendía febriles monólogos de los que me era imposible arrancar una sola frase coherente. Tal fue el estado de su abatimiento, que llegué a temer por su vida. No que ésta, en sí misma, me importase gran cosa. Desde nuestro encuentro en los Balcanes había aprendido a ahuyentar de mí cualquier posible lazo de afecto que pudiese estorbar a mis propósitos de destruir el alma de Dreyer. Si deseaba mantenerlo con vida, era para gozarme de su ruina y prolongarla el mayor tiempo posible. Quería a toda costa evitar que muriese como había muerto mi hermano: aferrado al heroísmo. De ahí que de pronto, a raíz de la visita de Eichmann y nuestro viaje a Viena, me invadiese el temor de que la aniquilación de un Thadeus Dreyer súbitamente abrumado por las dudas podía ocurrir por manos que no fuesen las mías y antes de que él mismo asumiese en plenitud el desencanto que yo siempre había deseado para él. Temía, en suma, que en cualquier momento Dreyer, trastornado ahora por su reciente recuerdo de Jacobo Efrussi, cometiese la estupidez mayúscula de asesinar a Eichmann o morir en el trance convencido de que así, de alguna forma, pagaba su propia cuenta pendiente con la vida y con los hombres.

En ese tiempo comprendí que aquella jornada en que habíamos visitado el gueto de Viena sólo había servido para que Dreyer iniciara un tortuoso examen de conciencia donde sus miserias, sus lealtades y sus pasiones serían objeto de un singular reacomodo. El hombre a quien yo había llegado a considerar como ejemplo de la victoria de las miserias del mundo comenzó de pronto a recuperar el alma. De la noche a la mañana resurgió en él un escrúpulo desmedido que le hacía titubear cada vez que se encontraba en los bordes de la arbitrariedad o del deshonor. La ética se había convertido para Dreyer en una sustancia escurridiza que él ahora se esmeraba a toda costa en mantener bajo control. De repente se dio a inventar extrañas justificaciones morales para cada uno de sus actos, por infames que éstos pudieran parecer, y transitaba por la existencia esgrimiendo un inaplicable código de valores que sólo ayudaba a hacer más dolorosa su convicción de que la realidad sería siempre más fuerte que las miríficas promesas de redención que en otros tiempos lo habían llevado al frente de los Balcanes. Ciertamente mi compañero de fatigas había adquirido su nuevo nombre con la envidiable espontaneidad de una crisálida, pero ahora él mismo no acababa de creer en las razones que hasta entonces había esgrimido para ello. Igual que el imperio que otrora se había desmoronado ante nuestros ojos para volver luego a la guerra con implacables bríos, algo en su interior se resistía a reconocer que su nuevo nombre se hallaba inscrito en el atroz recuento de los desencantados. A despecho de mi entusiasmo inicial, muy pronto tuve que reconocer que su idea de lo sagrado no había desaparecido por completo de su alma aquella tarde en Karanschebesch, sino que había quedado reducida nuevamente a una potencia mínima pero suficiente para lacerar su conciencia degradada como un pequeño punzón clavado en las partes más sensibles de su cuerpo. En esos días mi relación con él adquirió la forma de un matrimonio largo y malavenido, donde cada uno se encerró en un excluyente soliloquio para hallar alguna luz en mitad del incierto laberinto en el que Eichmann nos había arrojado como a un par de ingenuas princesas cretenses.

Supongo que fue entonces cuando Dreyer comenzó a acariciar la peregrina idea de que su impostura le obligaba en cierta forma a resarcir las faltas del mundo contra todos los hombres, contra todos aquellos muertos que había heredado junto con el nombre de Thadeus Dreyer, o mejor dicho, contra ese único hombre cuya vida él había asumido en la guerra del catorce: el judío Efrussi.

Al principio debió de ser sólo eso, una idea, un dejo de escrúpulo traducido en un ánimo redentor que, desde luego, no dejó de resultarme preocupante. Desde su último encuentro con Eichmann nuestras horas transcurrieron en una constante lucha en la cual mis esfuerzos por volver a despeñarle en los abismos de la infamia se enfrentaban sin tregua a su remordimiento. Era como si el destino me hubiese condenado a disparar eternamente contra las insignias de mi hermano para verlo levantarse de nuevo, una y mil veces, dispuesto a demostrar que era yo quien había desangrado su alma sobre las nieves de Ucrania. Ahora que todo ha terminado de la peor manera posible, ahora que ya no importa lo que pueda pasar conmigo o lo que ocurrió anoche con Dreyer, reconozco que más de una vez, en esos días de pesadumbre, llegué a temer que, en efecto, mi compañero fuese una especie de santón destinado a restaurar el orden en un paisaje que yo deseaba tan fragmentario, tan miserable como nuestras almas. Insatisfecho e incapaz hasta entonces de dirigir sus propios pasos, de esa noche en adelante Dreyer se entregó a la tarea de corregir el curso de los destinos ajenos, y lo buscó de forma tan radical que llegué a temer que él mismo no pudiese tolerar las líneas de lo que él ahora creía su incontestable obligación para con los judíos, una raza cuya historia de exilios y quiméricas promesas, acaso demasiado similar a la de los cosacos, me llevó a considerarla siempre como una de las partes más despreciables de la creación.

* * *

Los primeros y apenas perceptibles signos de mi derrota comenzaron a surgir en forma soterrada pero cada vez más evidente. En vez de cumplir con sus obligaciones en la guerra y con el Reich, Dreyer se quedaba en cama argumentando inverosímiles jaquecas, entregado a una somnolencia extensa aunque sin duda accidentada. Los senderos de Berlín, las reuniones con Goering y los discursos cada vez más encendidos del Führer dejaron de tener para él esa potestad con que antaño solía sentirse atraído hacia la gloria fácil del héroe de guerra que habíamos fabricado con la carne de sus hazañas en el frente de los Balcanes. Si bien no se atrevía a deslindarse por completo del espejismo que habíamos fraguado juntos, ahora aprovechaba cualquier ocasión para advertirme de que aquella guerra estaba perdida y que había sido un error creer en los nazis.

Así estaban las cosas cuando Dreyer tomó la resolución que había estado sopesando en silencio desde la noche en que jugó su partida definitiva contra Eichmann. Cierta mañana despertó de uno de sus interminables letargos y me anunció a bocajarro:

—Kretzschmar es la persona que necesitamos, Goliadkin.

Si bien tardé unos segundos en reconocer el peso específico de mis palabras, comprendí muy pronto y con terror a qué se refería. Sabía que Dreyer llevaba algunas semanas acariciando la idea de suplantar a Adolf Eichmann, pero hasta ese momento él mismo no había querido reconocer que siempre había contado con la persona idónea para ello. Desde la entrevista de Dreyer con el mariscal Goering, su pequeño escuadrón de suplantadores había sabido cumplir maravillosamente su trabajo, y en más de una ocasión los buenos oficios de alguno de ellos evitaron notables contratiempos a hombres como Himmler o Goebbels. Es verdad que algunos altos oficiales comenzaban ya a mirar con temor y suspicacia el eficaz desempeño de aquellos dobles que, a fin de cuentas, debían sus lealtades a Goering. Ninguno de ellos, sin embargo, llegó nunca a enunciar con todas sus letras la posibilidad de una suplantación definitiva, aquella que ahora Dreyer pretendía llevar a cabo no entre los altos jerarcas del Reich, sino en la persona del más discreto pero acaso más peligroso coronel Eichmann. Poco importa ahora preguntarse si Dreyer pensó alguna vez que esa suplantación podía ser la primera de muchas, pues creo que, para él, el responsable directo del exterminio nazi era el único enemigo a quien vencer. Por eso, cuando me anunció que el tal Kretzschmar era el impostor que necesitaba, sentí como si alguien hubiese invertido frente a mí un reloj de arena cuya cuenta regresiva sería demasiado breve. No tuve que preguntarle las razones que le habían llevado a semejante decisión. El joven Kretzschmar, a quien le vinculaban lazos mucho más estrechos que la simple relación de un superior con un subordinado, era sin duda el mejor de sus hombres, aquel quien le debía mayor lealtad y el único que parecía verdaderamente dispuesto a cualquier cosa por él. Dreyer siempre había profesado hacia Kretzschmar un afecto desmedido, y más de una vez, intrigado por el dinero y los secretos cuidados que le dispensó durante varios años, llegué a pensar que aquella mutua afición no se debía exclusivamente a lo que el general llamaba una antigua deuda de amistad para con el padre de aquel infortunado muchacho. Como quiera que fuese, ahora no cabía duda de que Kretzschmar era la persona ideal para sus planes. Amén de tener más o menos la edad de Eichmann, era uno de los mejores ajedrecistas de Berlín. En cuanto a su aspecto físico, su complexión coincidía perfectamente con la del oficial de las SS, y era fácil adelantar que sus facciones no presentarían resistencia alguna al trabajo de los magníficos cirujanos que el mariscal Goering había puesto a nuestra disposición. Desgastado por interminables orgías en el seno de las juventudes nazis, el chico tenía esa cualidad fantasmal característica de quienes han vivido sólo para la incertidumbre, la venganza y el odio, pero que al mismo tiempo han conseguido crear en torno suyo un aura de indiferencia que ha terminado por volverles casi imperceptibles. Tengo que reconocer que muchas veces, durante los años en que fui siguiéndole los pasos por instrucciones expresas de Dreyer, su aspecto indefinido me hizo pensar en la decadente ambigüedad del Adolf Eichmann que habíamos conocido en Praga. Una calvicie mal disimulada asomaba ya por debajo de su gorra militar y se precipitaba sobre su semblante como si quisiera anularlo por completo. Su nariz y sus ojos eran accidentes mínimos en la topografía de un rostro sin matices, y el resto de su cuerpo, levemente vencido, como si siempre se encontrase ante el tablero de ajedrez, evocaba la inconsistencia de un traje sin dueño al que sólo el vaivén caprichoso del viento consigue dar una efímera impresión de vitalidad. Nadie al verle le habría creído capaz de cometer un crimen, pero ante Dreyer se comportaba con la avasallante disciplina de un príncipe bastardo. Charlaba, estudiaba, obedecía órdenes y jugaba al ajedrez sin perder jamás de vista el objetivo de sus fati-

gas. El muchacho, en suma, lo tenía todo para vindicar a
Dreyer, y tanto, que yo mismo habría apostado en su favor el brazo que me quedaba sano si al menos hubiese
conseguido ponerle de mi parte. Dreyer había sabido cul-
tivar y ganarse su lealtad derrotándole en el ajedrez, y
casi podía decirse que su alma le pertenecía como si él
mismo la hubiese creado. Por eso, cuando le pregunté si
en verdad creía que su campeón tendría la presencia de
ánimo necesaria para suplantar a Eichmann en los términos que Dreyer quisiera imponerle, el general asintió casi
con enfado, como si mi pregunta fuese un trámite demasiado obvio o demasiado personal para ser pronunciado
por alguien que, como yo, apenas conocía los entresijos
del ajedrez y el inmutable código de honor que éste debía
imponer entre sus leales vasallos.

* * *

Mi relación con Dreyer volvió a estrecharse durante
las semanas que vinieron después de su iluminación.
A medida que sus planes de suplantar a Adolf Eichmann se hicieron tan viables como imperiosos, su confianza en mis buenos oficios recuperó el cauce de antaño, y trazó conmigo hasta el último detalle del camino
que debía situar a Kretzschmar al mando del Departamento de Investigaciones Judías de las SS. Por ese lado,
todo fue cumpliéndose sin tropiezos, tal como Dreyer
lo había planeado. El muchacho se mostró dispuesto
desde un principio a obedecerle y someterse al riguroso

sistema que el general usaba para borrar el espíritu de sus discípulos y prepararlos así para asumir una nueva identidad. Pronto, ayudado por el milagroso trabajo de los cirujanos de Goering, Kretzschmar estuvo listo para suplantar a Eichmann, y Dreyer pensó que la ocasión para hacerlo se presentaría en cualquier momento.

A medida que progresaba la guerra, el poder de Eichmann en las líneas del Reich se había incrementado en forma dramática, y si bien el exterminio de judíos se conservaba en secreto, corrían serios rumores de que en sus trenes de muerte se hacinaban a diario miles de seres de los que nunca volvía a saberse nada. La disciplina del coronel Eichmann, su profundo conocimiento del transporte terrestre y su odio hacia los judíos le habían convertido en una perfecta maquinaria de destrucción, lo cual hacía cada vez más difícil concebir la idea de que su obsesión por el ajedrez sería tan grande como para apostar en una partida el poder que probablemente había ambicionado desde la adolescencia. Dreyer, no obstante, jamás dudó de que Eichmann estuviese dispuesto a darle la revancha y apostar su propia vida cuando él le presentase a su campeón. Nunca, por otro lado, apenas sopesó la posibilidad de que Kretzschmar fuese vencido por el oficial de las SS. Si aquella partida llegaba a verificarse, sería porque él mismo había demostrado antes su superioridad sobre el muchacho, y estaba tan seguro de su propia capacidad en el juego como en la de Kretzschmar para vencer a Eichmann. En cierta forma, Kretzschmar se había convertido para él en algo así como la armazón impenetrable que en otros tiempos le había hecho falta para vencer al coronel. Bastaría entonces convencer a Eichmann de que apostase su identidad contra él para que sus planes comenzaran a tomar la forma que él quería darles. Y si Eichmann, en un momento dado, vencía o se negaba a aceptar su derrota, Dreyer se encargaría de eliminarle en el acto, aun cuando esto hiciese más difícil, o quizá imposible, la suplantación.

* * *

Pero Thadeus Dreyer y su joven campeón del ajedrez habían elaborado sus planes desde la lógica impecable de los ajedrecistas, una lógica ajena a la realidad que dependía en gran medida de un concepto de honor que no puede esperarse en ciertos hombres. Nunca, ni por un instante, pensaron que alguien pudiese delatarles antes siquiera de que Dreyer tuviese la oportunidad de proponer a Eichmann la partida definitiva. Me bastó dirigir a Himmler una carta anónima para que éste ordenase de inmediato nuestra detención y orquestase el brutal desmembramiento del equipo de suplantadores que Dreyer había ido preparando bajo los auspicios del general Goering. Acusados de colaborar con una conspiración semítica descubierta pocas semanas atrás, los hijos adoptivos de Dreyer fueron desapareciendo uno a uno de sus casas y sus cuarteles. Por lo que hace al joven Kretzschmar, no tuvimos tiempo de saber qué suerte había corrido, mas no era aventurado sospechar que habría acabado sus días en los sótanos de la Gestapo. Antes de enviar la carta a Himmler, consciente de lo importante que era para mí poder conservar a Dreyer con vida, yo había establecido un providencial contacto con el Servicio Secreto Británico y las autoridades suizas para facilitar nuestra huida. Casi tuve que secuestrar a Dreyer cuando comenzó la persecución. Empeñado en conocer la suerte que correrían Kretzschmar y los demás impostores, hizo cuanto pudo por permanecer en Berlín para ayudarles. Sin embargo, cuando comprendió que era demasiado tarde para hacer nada, accedió a escapar con una resignación y una cobardía que, sin duda, habían de emponzoñar los días o los años que le restasen de vida.

* * *

A partir de ese momento ya no me cupo la menor duda de que el orden natural de las cosas está de parte de hombres como yo. Mis esperanzas de obtener un día el privilegio de contemplar a placer la absoluta devastación de un hombre se verificaron con abrumadora puntualidad. Habría sido un auténtico milagro que Dreyer consiguiese levantar la cabeza después del golpe que yo acababa de propinar a su último intento por rescatarse del oprobio. Oculto ahora bajo el nombre de Woyzec Blok-Cissewsky, un extinto barón polaco, Dreyer buscó en Ginebra su refugio de animal herido. Y cuando la nieve, el anonimato o la distancia no le parecieron suficientes para olvidar su fracaso, buscó en los pasadizos del ajedrez ese reino único y clandestino donde acaso podía esperar que un oponente sabría cumplir con aquellas reglas que no operaban ya en el mundo de verdad. Para él, la guerra y la existencia habían terminado al mismo tiempo que sus planes de salvar a los judíos, y supongo que es por eso por lo que apenas se inmutó cuando, en 1945, supo que los rusos habían irrumpido en Berlín y que el nombre de Eichmann no figuraba entre los acusados de Nuremberg. La justicia divina había tenido antes la oportunidad de detener la infamia, y la había dejado pasar como si también Eichmann fuese parte del donoso equilibrio de fuerzas que sostiene la historia de los hombres. Poco importaba entonces que el responsable de tantas muertes hubiese escapado. Para Dreyer, ésta era y debía ser ahora la ley inquebrantable de la realidad, y nada podía hacer él para remediarlo.

Siempre pensé que la ruina final de Thadeus Dreyer sería tan grata de contemplar que habría podido convivir con ella durante años interminables. El tiempo, sin embargo, me demostró que incluso ese tipo de placer puede llegar a convertirse en tedio. Igual que un hombre acaba por despreciar a la mujer que ha deseado y perseguido durante años, el despojo en que se había convertido Thadeus Dreyer después de nuestra huida comenzó a aburrirme. Hermético y senil, obsesionado por las partidas de ajedrez que jugaba por correspondencia o por aquellas que se publicaban cotidianamente en pequeños fascículos que él coleccionaba con enfermizo rigor, el viejo consiguió llevarme hasta ese extremo peligroso donde el desprecio puede transformarse en compasión. Alarmado ante aquella deslealtad que estaba a punto de perpetrar contra mí mismo, la única que nunca estuve dispuesto a permitirme, procuré entonces alejarme de él como quien debe renunciar a un vicio deleitoso que puede llegar a matarle, y una mañana, hace sólo un par de años, le abandoné en Ginebra con el firme propósito de no volver a verle.

Pero aquel fantasma, como el de mi hermano, no iba a dejarme partir tan fácilmente. Hace unas dos semanas, casi al mismo tiempo en que anunciaron el arresto de Adolf Eichmann en Argentina, Dreyer me llamó a deshora para pedirme que fuese a verle sin dilación.

—Usted es mi único amigo, Goliadkin —explicó—. Debo decirle algo muy importante sobre Eichmann.

De repente su voz, que yo habría esperado exultante a raíz del arresto de Eichmann, me pareció en extremo atribulada. Tiempo atrás, cuando Dreyer dio rienda suelta a su enervante manía ajedrecística, yo había llegado a temer que el general estuviese buscando, sin demasiada esperanza, el paradero de Eichmann detrás de las incontables partidas que se dio a descifrar en periódicos y fascículos de los más insospechados clubes de ajedrez. Con todo, en ningún momento llegué a creer que Dreyer se saliese con la suya por medios de tan dudosa factura. ¿Le habría encontrado al fin? ¿Habría sido él la voz que denunciara a Eichmann ante la justicia israelí? A juzgar por el tono quebradizo de su voz, no era precisamente eso lo que había ocurrido. Su llamada indicaba más bien el ánimo desorbitado de quien ha hallado una verdad poco agradable o perdido la razón. En verdad, pensé más tarde, poco me importaba ya que el viejo tuviese algo que decirme sobre Adolf Eichmann. Lo que más me inquietaba era su absoluta confianza en mi lealtad y, peor aún, el leve pero revelador estremecimiento de alegría que yo había sentido al escucharle mientras apelaba a nuestra amistad. Dreyer, me dije entonces con el esfuerzo de quien espanta de sí un mal pensamiento, podía irse al infierno con sus culpas, su amistad y su poesía senil. Pero lo haría cuando yo así lo determinase, antes de que los judíos le concedieran el consuelo de ejecutar a Eichmann. Al colgar el teléfono entendí que había llegado el momento de matarle, no sin antes haberle confesado mi traición. Si Dreyer me consideraba su único amigo, entonces era hora de despojarle de ese último reducto de poesía y espantar así el espectro de bondad que incluso a mí me amenazaba desde algún rincón de la conciencia.

Una mezcla de entusiasmo y alarma invadió mi cuerpo y me acompañó anoche mientras me dirigía a casa de Dreyer. Al fin, la sombra de mi hermano estaba lista para desaparecer de mi vida, de mi culpa y de mis pesadillas. Bien podían la nieve, el crepúsculo o las tapias de un jardín cualquiera remitirme una vez más a su memoria o a la madrugada ucraniana en que lo maté. Mi infierno, pensé mientras ascendía la escalera tratando aún de espantar de mí aquel picante olor a pólvora, terminaría pronto con mi misión en la vida. Después de todo también yo merecía un poco de justicia luego de tantos años de luchar por la aniquilación de

Dreyer. Pronto, sin embargo, pude comprobar que también esa felicidad me sería negada: mis ojos no se habían acostumbrado a la penumbra de la habitación cuando oí la puerta de la calle cerrarse con un estruendo de iglesia, como si alguien, oculto en la planta baja, hubiese esperado a que yo ascendiese la escalera para escapar de la casa. Entonces entré en la habitación y vi el cuerpo de Dreyer derrumbado sobre un tablero de ajedrez, desangrando entera su verdad y su tristeza por el disparo que alguien más le había encajado en la nuca, con un mechón de pelo blanco cubriéndole los ojos y la mano derecha extendida hacia adelante como si quisiera detener para siempre el eco de una detonación que se alejaba de él con el respeto que sólo el ruido sabe guardar frente al silencio de los muertos.

IV

DEL NOMBRE A LA SOMBRA

Daniel Sanderson
Londres, 1989

Supongo que hay muchas maneras de dar por concluida una historia, pero el asesinato del barón Blok-Cissewsky no es una de ellas. Tampoco es que pueda considerarse el principio de cuanto pienso relatar. Es otra cosa. Una curva violenta dentro de un inmenso efecto dominó donde él fue sin duda la pieza central, mas no la única ni la primera en caer. Su historia, como la de cualquier hombre notable, entraña otras menos estimulantes. La mía, por ejemplo. No pretendo con esto ponerme a la altura del barón. Creo simplemente que la propia memoria es la única certeza a la que algunos podemos aferrarnos para reconstruir el pasado. De ahí que haya decidido contar las cosas según discurrieron en mi existencia y en la de aquellos que, como yo, tuvieron el dudoso honor de contarse entre los herederos del viejo. Ojalá no ofenda a todos esos fantasmas mi poca destreza para enhebrar una historia que ellos, a buen seguro, habrían preferido escuchar en otro orden y de otros labios.

Como lo que voy a contar va estrechamente ligado a los caprichos ultramundanos del barón, no tengo más remedio que comenzar mi historia con las peculiaridades de su testamento, hallado al día siguiente del crimen en el interior de una botella de oporto. Con su inconfundible caligrafía de monja carmelita, el señor Woyzec Blok-Cissewsky, oficial retirado del ejército polaco, legaba una hucha repleta de monedas antiguas a su ordenanza Alikoshka Goliadkin, y disponía luego que el resto de sus escasas pertenencias en Suiza fuesen rematadas en favor de un asilo de ancianos situado en las inmediaciones de Francfort. Más adelante, con una postdata en letra de molde, el viejo hacía tres adiciones al legado: al maestro Remigio Cossini, pintor siciliano, al señor Deman Fraester, actor flamenco, y a mí, su tercer y más vapuleado contrincante de ajedrez por correspondencia, nos dejaba a cada uno la nada despreciable cantidad de cien mil francos suizos, los cuales sólo podríamos recibir en persona y durante sus exequias.

Años más tarde la prensa suiza, en su afán por revivir un suceso del que quizá no había sacado bastante provecho, insinuó la existencia de un primer testamento donde el barón cedía toda su fortuna al señor Goliadkin, mutilado de guerra y compañero de sus fatigas desde hacía por lo menos cuarenta años. Cierta o no, debo aclarar que la hipótesis de ese primer legado, tan sugerente, no altera la sustancia de mi relato. Poco importa a estas alturas si Goliadkin, llevado por la ambición de aquel quimérico testamento, pudo traicionar de forma tan brutal la amistad del barón Woyzec Blok-Cissewsky. En ciertos casos no basta saber quién cometió un crimen para entender por completo las razones que lo motivaron y descubrir los numerosos rostros que se ocultan detrás de un hecho sangriento. Debo advertir, entonces, que ésta no será propiamente la historia del barón ni tampoco la de Alikoshka Goliadkin, sino la de aquellos motivos inauditos que les llevaron a perderse y a arrastrarnos con ellos en su caída.

* * *

Una huelga de ferroviarios en Londres me impidió llegar a tiempo para el funeral del barón Blok-Cissewsky. Sé muy bien que nadie está obligado a lo imposible, especialmente cuando se trata de atravesar media Europa compitiendo contra la vertiginosa descomposición de un cadáver, pero eso no impidió que la ciudad suiza me recibiese con la nublada indiferencia con que el mundo suele acoger a quienes parecemos destinados a llegar siempre tarde a cualquier sitio. Esta vez, sin embargo, la habitual desolación con que me dispuse a enfrentar el rapapolvo de los albaceas de Blok-Cissewsky se disipó momentáneamente gracias a la aparición inesperada del maestro Remigio Cossini, quien me aguardaba en la estación central de Ginebra con la huérfana curiosidad de un pariente lejano.

El maestro Cossini era un hombre más bien breve que a primera vista parecía un samurai retirado. Por un momento, cuando lo vi aparecer entre una multitud de ejecutivos americanos y viajantes de mirada arisca, pensé que se trataba de un turista japonés a quien le hubiesen dicho que ése era el punto más fotogénico de la ciudad. No obstante, bastó tenerle cerca y mirarle a los ojos para intuir que aquél no podía ser un hombre ordinario. Cuando me di cuenta, su mano estrechaba firmemente la mía mientras que su voz pronunciaba nuestros nombres con la amigable autoridad de quien no puede perder tiempo en explicaciones innecesarias. Luego, sin darme tiempo para preguntarle nada, me condujo fuera de la estación y detuvo un taxi que nos llevó al hotel, donde Fraester nos aguardaba para acompañarnos al despacho del albacea.

Durante el trayecto, el pintor se dirigió a mí con respetuosa familiaridad, salpicando su discurso en inglés con expresiones tan italianas y brutales que discordaban con lo refinado de sus maneras. Después de tranquilizarme sobre las consecuencias que a mis bolsillos pudiera acarrear mi retraso, dedicó inexplicablemente todos sus esfuerzos a contarme que las investigaciones en torno al asesinato del barón Blok-Cissewsky habían tomado un giro inesperado y, al parecer, definitivo. Al día siguiente de las exequias del barón, dijo el pintor, la policía había hallado al señor Alikoshka Goliadkin, antiguo asistente de Blok-Cissewsky, agonizando en un hotelucho de Cruseille merced a un disparo que él mismo se había alojado en la sien derecha. Esto, desde luego, permitía ahora a las autoridades locales cerrar definitivamente un caso tan vergonzoso, a mayor beneplácito de los atribulados vecinos de aquella ciudad.

—Evidentemente —concluyó mi improvisado guía con una naturalidad que entonces me resultó inescrutable—, le cuento esto para que comprenda de una vez que este asunto encierra más mierda de la que sospechamos.

Me hablaba como si nos conociésemos desde hacía años y hubiésemos pasado juntos las últimas semanas analizando paso a paso las circunstancias de la muerte del barón. Sólo con el tiempo alcanzaría yo a comprender la extraña y petulante asertividad de Cossini. Para él, las historias más intrincadas se presentaban con pasmosa claridad, mientras que las verdades oficialmente más obvias eran asimismo las más dignas de sospecha. En el cosmos alternativo y atropellado desde el cual su cerebro procesaba la totalidad de la existencia, Cossini no podía sentarse a esperar a que el resto de los mortales alcanzaran sin más sus propias deducciones, lo cual hacía que sus gestos y sus afirmaciones sin apelación resultasen con frecuencia intolerables. Solía haber en sus palabras un toque de soberbia intelectual, pero creo más bien que una cierta ingenuidad, rayana a veces en la franca estulticia, le llevaba a asumir que cualquier individuo podía ver las cosas como él las veía y comprender cualquier cosa, por intrincada que ésta fuera. Esto sólo pude entenderlo durante el breve tiempo que conviví con él a partir de aquella mañana en Ginebra. Y debo añadir que le estoy inmensamente agradecido por ello.

Por inopinada que parezca, la advertencia de Remigio Cossini sobre la turbiedad de las circunstancias que nos congregaban en Suiza comenzó a tomar fuerza en cuanto llegamos al hotel. En la última parte del trayecto, el pintor había llevado arbitrariamente nuestra conversación hacia el terreno común del ajedrez, anunciándome que el señor Fraester había podido corroborar su hipótesis de que, hacia el final de sus días, nuestro desventurado benefactor o bien había perdido el juicio, o bien había querido ponernos sobre aviso respecto de lo que estaba a punto de ocurrirle. Al menos esta vez no me resultó difícil comprender a qué se refería mi interlocutor: en efecto, también en mi caso las últimas partidas epistolares del barón Blok-Cissewsky, quien usualmente sometía su juego a un canon riguroso, habían derivado en la más desconcertante de las heterodoxias. Impasible ante cada uno de mis embates, de pronto el viejo se había dado a componer pirotécnicos finales y estrategias donde todo iba encaminado a coronar sus peones sin que ninguna otra cosa en el tablero pareciese importar un bledo.

—Fraester afirma que se trata de un típico caso de demencia senil —murmuró Cossini sonriendo por primera vez desde nuestro encuentro—. Pero yo no estaría tan seguro.

Cómo relacionaba el pintor aquellos desvaríos ajedrecísticos con la desventura del barón o con nuestra propia responsabilidad en ella era algo que sólo él parecía entender en su intrincado mundo personal. Acaso porque comenzaba ya a habituarme a lo críptico de sus

comentarios, yo no quise entonces preguntarle el origen
de sus reflexiones, como tampoco, estoy seguro, lo habría hecho Fraester en su oportunidad.

A diferencia de Remigio Cossini, el actor flamenco
resultó ser un típico ejemplar de su raza, aunque en una
versión más que nada decadente, casi diría que carica-
turesca. Estruendoso y fanfarrón hasta el escándalo,
Fraester encarnaba la antítesis exacta del elegante laco-
nismo del pintor. Cuando lo vi acercarse al taxi, alto y
macizo como una secuoya, noté en su andar un nervioso balanceo del torso que al principio atribuí a una
convivencia demasiado estrecha con las anfetaminas.
Más tarde comprendí que aquel péndulo humano cojea-
ba severamente de la pierna izquierda como consecuencia lógica de su profesión de doble cinematográ-
fico. Por sus ropas y por sus gestos, estaba claro que el
hombre había visto pasar mejores tiempos, y que ahora
sólo le restaba atenerse a la providencia para saldar
acaso innumerables deudas de juego, cuando no otras
de origen más turbio. A mi entender, resultaba francamente aventurado relacionar a aquel antropoide ya no
sólo con el juego del ajedrez, sino con cualquier actividad que exigiese un mínimo de sentido común. Pronto,
sin embargo, me quedó claro que Fraester formaba
parte de ese pequeño escuadrón de subnormales que,
por caprichos de la naturaleza, se comportan frente al
tablero como auténticos prodigios. También Cossini habría notado esto desde su primera conversación con el
actor y por eso, como pude deducir en nuestro breve
trayecto hacia el despacho del albacea, se había resig-

nado a intercambiar con Fraester reflexiones exclusivamente ajedrecísticas que terminaban siempre en el más incómodo de los silencios.

—Perdone la pregunta, amigo mío —me susurró el pintor con aire extenuado mientras el actor nos anunciaba al secretario del albacea—, pero me encantaría saber qué diablos pudo ver el barón en este redomado imbécil.

La respuesta del secretario del albacea me eximió de improvisar una explicación a las dudas de Cossini. Con notable nerviosismo, aquel hombre nos dijo que el albacea del barón había tenido que salir urgentemente del país, pero allá dentro, añadió, en el despacho de su jefe, nos esperaba alguien que con toda seguridad podría atender nuestras solicitudes.

—No venimos a hacer solicitudes —exclamó Fraester con festivo sarcasmo—, sino a cobrar nuestro dinero.

El ujier del albacea se disculpó asegurando que él no tenía nada que ver con tan penoso asunto, y luego se limitó a conducirnos a través de un intrincado laberinto de cubículos, archiveros y escribanos de pinta más que sospechosa.

En el despacho del albacea nos recibió con forzada cordialidad un hombre de edad imprecisa cuya única característica notable era su grotesca semejanza con el actor Humphrey Bogart. Hablaba inglés con una inflexión tan neutra como su aspecto, y hacía auténticos prodigios por conservar enhiesto entre los labios un cigarrillo rubio que no encendió en toda la sesión. Se presentó con un nombre imposible de retener en la memoria y de inmediato nos hizo notar que sabía casi todo acerca de nosotros. Sin previo aviso fue desvelando uno a uno los secretos más vergonzosos de nuestras biografías con la delectación de un miniaturista. Comenzó por afirmar que no hacía falta ser un genio para saber que Remigio Cossini era ostensiblemente un nombre inventado, aunque por otra parte, agregó, un falsificador de obras de arte podía llamarse como le viniese en gana, pues la verdadera fortaleza de aquel oficio se apoyaba en el más cobarde de los anonimatos. De Fraester no quiso aclarar si aquél era o no su nombre artístico, pero reiteró su desprecio hacia los dobles cinematográficos, sobre todo si éstos, como parecía ser el caso del señor Fraester, habían perdido incluso la capacidad física para merecer impostar al más mediocre de los actores secundarios. En cuanto a mí, concluyó nuestro anfitrión con desenfado, era una pena que mis mejores libros circulasen ahora en establecimientos de segunda mano, firmados por caballeros y damas supuestamente ilustres cuya celebridad, a pesar de todo, no había podido opacar la torpeza estilística de su negro literario. En una palabra, esa tarde el sustituto de nuestro albacea nos humilló de golpe y sin justificación aparente, poniendo en evidencia nuestra calidad de usurpadores, lo cual, puesto en boca de quien parecía ser también el remedo de otra persona, resultó aún más ofensivo para quienes lo escuchábamos entre aturdidos y furiosos.

Cuando recuerdo aquella escena, pienso que algo debió de haber en ella que nos impidió reaccionar con dignidad frente a la andanada del falso Bogart. Quizás fue sólo que la verdad de sus denuncias era demasiado flagrante para merecer una apelación. O tal vez nuestra pasividad se debió al vago temor de que una confrontación con aquel individuo, tan enigmático y seguro de sí mismo, pudiese poner en serio riesgo el afortunado giro del destino que nos había llevado hasta allí. En cualquier caso, ninguno de nosotros nos atrevimos entonces a replicarle, si bien nuestra cobardía o nuestra prudencia excesiva sirvieron luego de muy poco para evitar que, en efecto, la fácil herencia del barón Blok-Cissewsky se alejase repentinamente de nuestras manos. Casi de inmediato supimos que el ofensivo discurso de Bogart era sólo el preámbulo de una declaración aún más inquietante que su conocimiento de nuestras vidas, algo así como la confirmación de que ninguno de nosotros merecía extender la mano para allegarse la jugosa fortuna del barón. Con un gesto de cansancio, Bogart cerró al fin la puerta del despacho y nos invitó a sentarnos.

—Lamento de verdad que hayan hecho un viaje tan largo —musitó mientras abanicaba su cigarrillo con una carpeta que llevaba en la mano—. Por el bien de la humanidad, individuos como ustedes deberían desplazarse lo menos posible. Si quieren saber qué me ha traído hasta aquí, les diré en una palabra que el testamento del barón Blok-Cissewsky es tan ilegítimo como cada uno de ustedes.

El hombre parecía francamente harto de aquella escena, casi se diría que todo allí le causaba una tremenda repugnancia. Como si esperase algo más que nuestras miradas de asombro, guardó un largo silencio antes de seguir explicándose. El asunto, aclaró al fin, era extremadamente sencillo: lo mismo que nosotros, el extinto barón Woyzec Blok-Cissewsky era un impostor, tan diestro en su arte que, verdad sea dicha, era prácticamente imposible saber cuál era su verdadero nombre.

—Tenemos —musitó en un plural que tenía más de misterioso que de mayestático— una lista de por lo menos siete nombres e identidades distintas entre las muchas que debió de usurpar este hombre a lo largo de su vida: Schley, Dreyer y algunos más, hasta llegar al de Blok-Cissewsky. Me temo entonces, señores, que les resultará extremadamente difícil hacer valer un testamento firmado con seudónimo cuyos beneficiarios, por otra parte, son ellos mismos seres de, digamos, dudosa autenticidad.

Al escuchar esta sentencia los beneficiarios del barón emitimos un grito de disgusto que tampoco inquietó demasiado a nuestro interlocutor. Creo que fue Fraester quien entonces reunió el ánimo necesario para manifestar abiertamente su disconformidad, pero bastó un gesto de la mano de Bogart para que el actor volviese al orden.

—Aún no he terminado, señor Fraester —dijo él con la seguridad de un domador de leones—. Sepan ustedes que, de estas identidades del barón, sólo nos interesa la de Thadeus Dreyer, colaborador de Hermann Goering desde comienzos de la segunda guerra.

Con estas palabras, el hombre exponía al fin la auténtica naturaleza de nuestra entrevista. Seguramente, él y quienquiera que lo hubiese enviado consideraban al barón uno de tantos criminales de guerra que habían conseguido burlar la justicia aliada para terminar impunemente sus días embozados en una identidad falsa. ¿Pero qué teníamos que ver nosotros con el pasado del barón? ¿Por qué remover su tumba, ahora que una mano asesina o justiciera parecía haberse adelantado a las infatigables pesquisas de Bogart y sus secuaces? Las mismas preguntas debieron de abrumar en ese instante las mentes de Fraester y Cossini, si bien las palabras que este último dirigió entonces a nuestro improvisado inquisidor parecieron surgir, otra vez, varios pasos más adelante de aquellas reflexiones.

—Me importa poco, señor mío, si el barón fue en el pasado un asesino o un santo —dijo el pintor acercando su rostro al del supuesto Bogart por encima del escritorio—. Y tampoco me interesa saber si es usted un cazador de nazis. Sólo díganos de una vez por todas qué diablos quiere de nosotros.

Como si también esas palabras hubiesen estado escritas en su libreto personal, Bogart recibió la pregunta de Cossini sin apenas inmutarse. El eterno cigarrillo rubio se irguió triunfante entre sus comisuras en tanto que sus manos se mantenían ocultas como es debido en la hondura de su gabardina.

—Creo que usted y yo vamos a entendernos, maestro —espetó sosteniendo la mirada del pintor.

Y dijo a continuación que sería sencillo obviar los antedichos inconvenientes legales del testamento del señor Blok-Cissewsky, y aun duplicar el monto de su herencia, si teníamos la amabilidad de entregarle, con la mayor brevedad, cierto manuscrito que el barón nos había hecho llegar algunas semanas antes de su muerte.

Los tres beneficiarios del testamento intercambiamos un gesto de asombro tan forzado como inútil. De nada habría servido negar que, efectivamente, Blok-Cissewsky nos había remitido hacía tiempo un documento que, al menos por lo que hacía a las páginas que yo había recibido junto con sus últimas instrucciones, no era sino los apuntes en polaco para un manual de ajedrez. En ese momento yo no podía asegurar que Cossini y Fraester fuesen también depositarios de manuscritos similares, si bien las circunstancias en las que nos encontrábamos y las palabras tajantes de Bogart así parecían demostrarlo.

—Pero si no es más que un manual de ajedrez —me adelanté a declarar antes de que mis compañeros cometiesen la estupidez de negar una verdad tan evidente. A lo que Bogart, dirigiéndome una mirada casi compasiva, replicó:

—Un criptograma, señor mío. Tenemos serios motivos para creer que ese manual encierra pruebas determinantes para llevar a la horca al general Adolf Eichmann, a quien arrestamos hace unas semanas en la ciudad de Buenos Aires.

Esto lo dijo como si ahora él mismo pidiera clemencia a un juez invisible, con una dulzura tan contrastante con su actitud inicial, que nos llevó a desconfiar aún más de sus intenciones. Es verdad que sus razonamientos resultaban en cierta forma convincentes y que, por otro lado, lo más natural en esas circunstancias hubiera sido intercambiar un atado de hojas amarillentas por una cantidad de dinero lo bastante sustanciosa como para transformar radicalmente nuestras vidas y condenar además a un criminal de guerra. No obstante, la humillación de un principio, el doloroso recordatorio de nuestras propias miserias en boca de un individuo de tan dudosa legitimidad, debió de obrar en nosotros, siquiera por unas horas, una transformación dramática de nuestra escala de valores. De pronto el último gesto de confianza del barón Blok-Cissewsky, quien seguía pareciéndonos incapaz de la más pequeña falta, nos invistió de una atroz consciencia de nuestra propia dignidad y acentuó la desconfianza que Bogart había alimentado en nuestro ánimo. Fue como si el viejo nos hubiese elegido con cuidado para depositar en nosotros la esperanza de que, precisamente debido a nuestras eternas mezquindades y usurpaciones, seríamos los únicos capaces de mantenernos firmes ante una tentación que resultaba demasiado obvia y sospechosa, conservando así un secreto que le había envenenado la vida entera.

También Bogart debió de notar este traspié en su interrogatorio, consecuencia lógica de la prematura subvaloración de sus contrincantes. De un momento a otro pareció haber cambiado de estrategia, y se abstuvo de preguntarnos si estábamos de acuerdo con su propuesta. Ahora tendría que buscarnos por otro camino, en privado y con mejores armas. La oferta, anunció finalmente antes de abandonar la estancia, estaba aún sobre la mesa, y él quedaba a nuestra disposición en la prefectura de policía si, como esperaba, decidíamos atender a nuestra consciencia de hombres probos para entregarle, no sin ventajas más que morales, aquello que la justicia israelí necesitaba para hacerse oír de una vez por todas sobre la faz de nuestro lastimado planeta.

* * *

Una vez que Bogart nos hubo dejado solos, Cossini se aproximó a la ventana del despacho y meditó unos segundos con las manos puestas sobre el escritorio del albacea. Finalmente esbozó una sonrisa evocadora y musitó:

—Si ese hombre es efectivamente un defensor de la humanidad, yo soy Rembrandt reencarnado. Creer en sus buenas intenciones sería tan estúpido como pensar que Goliadkin, lisiado de la mano derecha, pudo alojarse él mismo una bala precisamente en la sien derecha.

Esto lo dijo desde el remoto y tenebroso lugar al cual, como he dicho, solían remitirlo minuciosas reflexiones en las que confluían su singular intuición sobre la auténtica naturaleza de los individuos y su profundo conocimiento de los más insospechados vericuetos del cosmos. Ni Fraester ni yo nos preocupamos entonces por desentrañar los motivos que lo habían llevado a semejante conclusión. Sus palabras encerraban la autoridad incuestionable de quien sabe demasiado bien a qué atenerse frente a los reveses del destino. En realidad, no era difícil tolerar sus crípticas afirmaciones, pues éstas nos ofrecían al menos la sensación de un puerto seguro en mitad de la más borrascosa de las noches.

Fue esa misma seguridad con la cual, un par de horas más tarde, el pintor me llamó a la habitación del hotel para anunciarme, como si tal cosa, que según sus cálculos Fraester cedería de un momento a otro a la oferta del falso Humphrey Bogart. Esta vez la confianza del pintor me pareció francamente excesiva, y no pude menos que preguntarle qué lo hacía pensar que el actor quebrantaría tan fácil y tan pronto lo que yo, a aquella sazón, consideraba ya un pacto de sangre entre nosotros.

—No lo tome a mal —respondió Cossini—, pero créame si le digo que sé reconocer a un pobre diablo cuando lo veo.

Y colgó el auricular como si prefiriese darme algún tiempo para pensar en lo que me había dicho.

Las cosas ocurrieron tal como él las había previsto. A la mañana siguiente Cossini y yo recibimos sendas tarjetas de presentación en las que una mano sobrentendida nos anunciaba la anuencia del actor a ceder su manuscrito y nos invitaba, por otro lado, a seguir tan sabio ejemplo. Si bien Cossini había tenido la precaución de advertírmelo, la noticia me golpeó como si mi mejor amigo hubiese cometido la mayor de las traiciones. El pintor, en cambio, lo tomó todo con una parsimonia casi ofensiva que sólo pude tolerar cuando éste, con la inflexión de un profesor de parvulario, me dijo:

—Ya le he dicho que Fraester es un desgraciado. Ni siquiera tiene el temple necesario para enfrentarse a quienes, claro está, pueden hacernos más daño que provecho. Como sea, me temo que ahora nuestro pobre campesino flamenco corre un peligro mayúsculo.

Las dilatadas elipsis de mi interlocutor comenzaban a cansarme. Habituado tal vez a las numerosas novelas policíacas que he escrito o leído a lo largo de mi vida, me parecía injusto que este improvisado detective jamás se tomase el trabajo de explicarme sus intrincadas deducciones. Nunca entendí, por ejemplo, cómo supo que Alikoshka Goliadkin era manco ni qué le había llevado a cuestionar con tanto énfasis, desde un principio, la filantropía de Bogart. Por lo que hace al peligro que supuestamente amenazaba a Fraester por haber cedido su parte del manuscrito, aquella tarde Cossini se mostró un poco más paciente, casi resignado a lidiar con un cómplice más torpe de lo tolerable. En cuanto me atreví a exigirle que fuese más claro, el pintor emitió un suspiro y se avino a explicar lo que, a su entender, era más que obvio: al ceder su sección del manual, Fraester había dispuesto todo para que nosotros finalmente supiésemos en verdad cuánta importancia le concedían Bogart y quienquiera que estuviese detrás de él. De hecho, añadió, sólo podía haber dos razones por las que un grupo determinado de individuos, cualquiera que fuese su filiación, podría estar interesado en el palimpsesto: o bien deseaban efectivamente conocer su contenido, o bien sabían de qué trataba y querían a toda costa evitar que dicha información se divulgase. Al preguntarle yo qué tenía que ver todo eso con la renuncia de Fraester, la respuesta de Cossini fue tan horrenda como inapelable:

—Si nuestro amigo Fraester sufre un accidente fatal en los días por venir, sabremos que el mayor interés de estos individuos por el escrito del barón es impedir que éste se dé a conocer, y temo que, además, no tendrán empacho en eliminar a cualquiera que lo haya tenido en sus manos.

Luego, como quien escucha el eco de sus propias palabras descender a plomo sobre su cabeza, concluyó:

—Lo sé, señor mío. Es tan claro como que usted y yo somos también piezas de la misma partida.

* * *

Un par de semanas más tarde Cossini me llamó a Londres para anunciarme, con el entusiasmo de un jugador que se enfrenta a una nueva y compleja partida, que Fraester había muerto en el desierto de Arizona durante la filmación de la primera y única película en cuyo reparto habría figurado con su propio nombre. Ni que decir tiene que la noticia me dejó helado. Casi me enfadó que el pintor la hubiese previsto con tanta exactitud, como si él mismo estuviese también al otro lado de la cortina que ahora nos separaba del resto del mundo. ¿Qué podríamos hacer ahora? Al menos Fraester había podido gozar durante un tiempo del dinero del barón, mientras que nosotros veíamos ahora amenazada nuestra existencia por culpa de un manuscrito cuya posesión me quemaba las manos como si se tratase de una bomba recibida por correo.

—Perdonará usted mi entusiasmo —me dijo Cossini como si hubiese leído mi mente—, pero a estas alturas no puedo menos que sentirme admirado por la destreza del barón.

Y agregó para aclararse que, en el transcurso de aquellos días, había reflexionado largamente sobre el papel de Fraester en la postdata de Blok-Cissewsky, y había concluido que este último, previendo acaso su propia ejecución, habría elegido al inepto actor precisamente a sabiendas de que éste entregaría a Bogart su parte del manual ajedrecístico sin pensárselo dos veces. Ahora, en suma, debíamos considerarnos protagonistas de una genial partida de ajedrez donde el asesinato de Fraester debía ser interpretado como un sacrificio calculado por el propio Blok-Cissewsky, un gambito con el cual el barón habría querido advertirnos sobre la auténtica naturaleza de nuestros competidores y la importancia que éstos concedían al manuscrito que teníamos en nuestro poder. Por otra parte, añadió Cossini, si el barón efectivamente había planeado todo aquello antes de morir, entonces podíamos estar más o menos tranquilos, pues el manual con el que ahora contaba nuestro querido Bogart no delataría nada realmente comprometedor, lo cual le haría creer que tampoco nuestros textos pasaban de ser lo que aparentaban. Todo eso, aseguró Cossini, nos daba ahora un tiempo precioso para movernos hacia cualquier dirección, pues ahora Bogart y sus amigos se lo pensarían mejor antes de recurrir a sus métodos, nada ortodoxos por cierto, para hacerse con nuestros manuscritos y evitar nuestra indiscreción.

Una mezcla de admiración y espanto me invadió a medida que el pintor entretejía sus versiones en torno a la muerte de Fraester. Todo su razonamiento parecía extremadamente lógico, como si estuviese yo leyendo una de esas disquisiciones infalibles con que los detectives literarios señalan al asesino tras asegurarse de que su barco no hace agua por ningún sitio. No obstante, conforme Cossini se dejaba arrastrar por el entusiasmo respecto de la fantasmal genialidad del barón, caía en la cuenta de que sus ideas giraban en torno a meras especulaciones. Sus hipótesis se basaban en hechos tan difíciles de verificar como la inverosímil malicia del barón Blok-Cissewsky para vaticinar que Fraester entregaría a Bogart su parte del manuscrito o en su convicción de que Cossini y yo sabríamos mantenernos leales a su memoria incluso a despecho de nuestros bolsillos. A esto había que añadir profecías aún menos creíbles por exactas, tales como la oferta misma de Bogart, el puntual asesinato del actor o, simplemente, el inquietante hecho de que Cossini y yo siguiésemos con vida cuando nuestros perseguidores podrían habernos asesinado desde un principio para hacerse con aquel manuscrito que tanto les interesaba. Es cierto, pensé entonces, que el barón fue un magnífico ajedrecista, pero en la vida real nadie puede anticipar los movimientos de un hombre con la misma precisión que rige a veces sobre el ajedrez. Por su parte, Remigio Cossini debía de ser también un jugador harto ingenioso, pero me pareció que su pasión por el ajedrez le llevaba a confundir las ambiguas leyes de nuestra existencia con aquellas que imperaban sobre el inmenso tablero que probablemente llevaba impreso en su cerebro.

—Todo eso suena muy bien, señor Cossini —dije al fin con la confianza de haberle sorprendido en falta—. Pero, ¿se ha preguntado usted qué pasaría si el barón Blok-Cissewsky no hubiese previsto la traición ni la muerte de Fraester? ¿Por qué se habría tomado tanta molestia el barón cuando habría sido más fácil entregar él mismo su información a las autoridades? Creo que sería mejor dejarlo todo en manos de la policía y olvidarnos para siempre del asunto.

Lejos de mostrarse ofendido por mi suspicacia, Remigio Cossini respondió a mi cobarde propuesta con una carcajada cáustica:

—Comprendo perfectamente sus dudas de escritor, amigo. No niego que hay en mis ideas más imaginación que certidumbre, pero es lo único que tenemos. Por ahora sólo puedo asegurarle que Bogart no trabaja para la justicia israelí, pues Adolf Eichmann es hombre muerto desde que le arrestaron y, por lo mismo, nadie en su sano juicio se tomaría tanta molestia en reunir pruebas de cargo para un tribunal que, evidentemente, no las necesita. Todo esto nos permite suponer que Bogart no es un cazador de nazis, sino todo lo contrario. De ser ése el caso, dudo mucho que la policía pueda hacer nada al respecto. Antes me parece que este manuscrito significaba para el barón algo personal, una suerte de defensa para que alguien más pudiera utilizarla cuando él faltase.

Poco obró para tranquilizarme saber que Cossini tenía al menos algunas certezas, pues tanto éstas como sus hipótesis conducían irremisiblemente nuestros pasos hacia un abismo en cuyo fondo nos aguardaba abierta la monstruosa boca de Humphrey Bogart. Repetirme que la muerte de Fraester había sido accidental no alcanzaba a disminuir mis temores de que algo o alguien nos amenazaba a la vuelta de la esquina. Después de todo, Cossini tenía razón: en estas circunstancias más valía pecar de suspicacia y aferrarse a las teorías más ominosas. Sólo así podríamos conservar alguna esperanza de que el fantasma del barón Woyzec Blok-Cissewsky, artífice de nuestros descalabros, podía también habernos dejado en herencia algunas armas para nuestra defensa.

—Ahora, amigo mío, ya sabemos a qué atenernos —me atajó el pintor hacia el final de nuestra conversación—. Estos apuntes en polaco son nuestro seguro de vida. Le sugiero que los ponga a buen recaudo y no dé señales claras de querer descifrarlos. Le recomiendo asimismo que se tome unas vacaciones en el fin del mundo. Más adelante, si el destino nos exime de correr la misma suerte de Fraester, volveremos a encontrarnos.

Y diciendo esto esgrimió su despedida con la indolencia de quien concluye la más trivial de las conversaciones.

* * *

Tardé varios días en digerir por completo la avalancha de información que Remigio Cossini me había proporcionado a raíz de la muerte de Deman Fraester. Vuelvo a decir que me resultaba particularmente difícil creer que, en efecto, el barón habría decidido inmolar al actor para darnos algún tipo de seguridad, un lapso de tiempo para huir o decidir qué haríamos con nuestras vidas. Por lo que a mí respecta, el manuscrito seguía en mis manos, los cien mil francos suizos que me tocaban en herencia permanecían quizá en la cuenta bancaria de un hombre muerto, y el recuerdo de Bogart insistía en amedrentar cada uno de mis pasos. Por otra parte, el juicio de Adolf Eichmann en Jerusalén transcurría efectivamente sin problemas ni necesidad de mayores pruebas de cargo, y era difícil pensar que nada ni nadie obrarían entonces para salvarle de la horca o para precipitar su condena. En muchas ocasiones, convencido de que la muerte de Fraester había sido accidental y que las sospechas de Cossini eran infundadas, pensé en buscar a Bogart para entregarle el manuscrito del barón, pero un resquicio de duda, similar al que a veces determina el destino de una partida de ajedrez, me llevó a postergar indefinidamente aquella renuncia. A juzgar por el silencio sepulcral del mundo después de mi última conversación con el pintor, tal vez Cossini estaba en lo cierto y aquel asunto había caído en un planeado remanso de calma que, con todo, seguía pareciéndome tan frágil como un esquife en mitad del océano. En mi opinión, quedaban aún demasiados cabos sueltos por enhebrar, y Cossini lo sabía. Con frecuencia me indignaba creer que el pintor, sabihondo y autosuficiente, no hubiese solicitado mi ayuda para desentrañar un juego que él, estaba claro, no tenía intención alguna de abandonar. Si lo había hecho por despreciarme o para protegerme, era algo que me importaba muy poco. Yo le demostraría que también conmigo el barón Blok-Cissewsky había tomado la decisión correcta, para lo cual bastaría que fuese yo quien descifrase el manuscrito.

Debo aclarar aquí que, al menos en este orden, llevaba yo a Cossini cierta ventaja. Cuando decidí asumir su fantástica idea de que el barón nos habría elegido tras analizar cuidadosamente nuestra movilidad por el tablero de la vida, emprendí un tortuoso análisis de mis propias aptitudes y limitaciones para entender qué pudo ver él en mi mediocre existencia que pudiese servir a sus propósitos. No me extrañaba ya que el viejo hubiese adoptado a Fraester por su torpeza o al pintor por su inusual sagacidad. En cuanto a mí, pensé al fin, sus motivos debían reducirse a algo tan concreto como mi antigua y no muy estrecha relación con el campo de la criptografía. Durante los últimos meses de la guerra, y acaso como en vaticinio de mi futuro papel de impostor literario, trabajé en la Oficina de Comunicaciones de la RAF, donde algunos de mis colegas se encargaban de hurgar en toda suerte de correspondencia continental en busca de criptogramas favorables o adversos para los aliados. Por novelesco que pueda parecer, aquel trabajo era en realidad de una aridez asombrosa. No sé aún si Cossini conocía para entonces ese aspecto de mi pasado y si él también, como el barón, esperaba veladamente que ejerciese tales virtudes en nuestro favor. Con todo, lo que resultaba en verdad inquietante era la sensación, casi la certeza, de que Blok-Cissewsky me habría incluido en su postdata por mi probable capacidad para manipular ciertos códigos secretos como el que debía hallarse en su manual. Fue así como pronto comencé a creer que la mano de mi viejo contrincante de ajedrez tiraba de los hilos de mi vida aun desde el ultramundo, como si los más hondos rincones de mi existencia hubiesen estado siempre a su merced, desplegados ante sus ojos como piezas raquíticas sobre un tablero de alabastro.

Cualesquiera que hayan sido en realidad las razones del barón para nombrarme su heredero, a partir de entonces consagré todas mis energías a descifrar el manuscrito. Y el asunto, lo confieso, no fue nada fácil. Para comenzar, la mayor parte del texto estaba escrita en polaco, de modo que fue necesario recurrir a los buenos oficios de alguien más versado que yo en aquellas lides para saber si encontraba en él alguna irregularidad intencionada. Una amiga de la editorial me hizo saber que lo único notable del manuscrito era la pésima ortografía de su autor, quien, por lo demás, mostraba un conocimiento asombroso del ajedrez. Era de esperarse que un germano tuviese faltas en un idioma que no era el suyo. Sin embargo, mi escaso conocimiento de las manías y las virtudes del Blok-Cissewsky, así como mi paulatina convicción de que en esa historia las obviedades no me conducirían a ninguna parte, me llevaron a desechar la posibilidad de que las faltas del barón fuesen sólo errores ortográficos. Fue así como más tarde, no sin antes haber agotado los recursos conocidos para descifrar un criptograma, volví a la editorial y solicité a la traductora que me ayudase a encontrar un patrón en los errores ortográficos del texto. Tal como esperaba, el resultado fue una vieja constante numérica que, si mi memoria no me engañaba, era una de las herencias que la Primera Guerra Mundial había dejado a los miembros del legendario Servicio Secreto Británico.

Por desgracia, aquella información no bastaba para descifrar el manuscrito de Blok-Cissewsky. Una clave, solían explicarme mis compañeros de la RAF, ejerce por sí misma las funciones de un laberinto cuyas trampas y compuertas, numerosas o no, guardan cada una a su propio minotauro, protegiéndole del héroe incauto que no posea un hilo de Ariadna. Como los laberintos, ninguna clave es inexpugnable, pero las hay que exigen un pensamiento tridimensional, un saber casi iniciático que, en este caso, se limitaba a mi capacidad para llegar sólo hasta ese punto del enigma. En adelante, la aplicación de aquel código numérico arrojaba exclusivamente un galimatías que, en más de una ocasión, me hizo pensar que ni siquiera aquel primer desciframiento era en verdad la puerta que me conduciría al corazón de las tinieblas.

En semejantes circunstancias no tuve más remedio que recurrir a la ayuda del mi antiguo jefe en la Oficina de Comunicaciones. El coronel Ewan Campbell, que a aquella sazón malgastaba su vejez en las aulas de egiptología en la Universidad de Edimburgo, acudió en mi ayuda con un entusiasmo desmedido. No bien echó un vistazo a los jeroglíficos que había arrojado mi último desciframiento del manuscrito, exclamó con la satisfacción del filatelista que se ha topado con un sello postal del siglo XVIII:

—Diablos, sargento. Hace unos años esto le habría valido un ascenso.

Acto seguido, Campbell procedió a explicarme que el texto del barón estaba escrito en wolpuk, un hermético código medieval.

—Usted no tiene por qué saberlo —añadió Campbell—, pero en la guerra el wolpuk fue utilizado ampliamente por los responsables del Proyecto Amphitryon.

Por un segundo temí que el viejo académico estuviese a punto de incurrir en los mismos sobrentendidos con que solía expresarse Remigio Cossini. Por fortuna, el coronel Campbell no esperaba que yo conociese sin más los entresijos del espionaje en una guerra que para mí había transcurrido entre alteros de carpetas y desgarradoras epístolas de amor. El Proyecto Amphitryon, siguió diciéndome el criptógrafo como si de pronto hubiésemos vuelto a las oficinas de la RAF, había sido uno de los múltiples y fallidos intentos de algunos oficiales nazis que, inconformes con la política de Hitler, intentaron aniquilar desde dentro al régimen. Irónicamente, aclaró Campbell entre dientes, la idea original para dicho proyecto se debía al propio Goering, no que éste, que se sepa, hubiera pensado nunca en traicionar a Hitler, sino porque fue él quien en un principio acuñó la idea de crear para el Führer y sus generales una pequeña legión de suplantadores que sirviesen de señuelo en caso de una desbandada general. Hacia el final de la guerra, sin embargo, los responsables del Proyecto Amphitryon resolvieron utilizar a sus impostores para suplantar a algunos generales del Reich. Pero algo salió mal en el seno de aquella maquinaria prodigiosa, y el general que había orquestado la conspiración, así como la mayor parte de sus impostores, fueron acusados de conspirar con los judíos para el asesinato del Führer y desaparecieron del mapa hacia 1943.

Recuerdo que en ese momento estuve a punto de preguntar al coronel Campbell si conocía el nombre del responsable del Proyecto Amphitryon, mas comprendí a tiempo que aquella pregunta estaba de sobra. No que temiese una decepción. Para mí no cabía duda de que ese nombre sólo podía ser el de Thadeus Dreyer, y tal vez no quise prolongar una conversación que difícilmente podía llevarme más lejos. Mientras tanto el coronel Campbell se había encerrado en un silencio, no sé si expuesto a sus recuerdos o simplemente a la espera de que yo le invitase a seguir adelante por un camino que prometía arrancarle de su rutina universitaria. Estaba claro que ese texto en wolpuk acabaría por obsesionarle con la misma hondura por la cual un jugador de ajedrez compone miles de figuras aéreas para dar con aquella que le conducirá hacia un mate exquisito. ¿Qué podía haber de malo en conceder a un pobre y acabado criptógrafo la inapreciable oportunidad de desentrañar un código que, por otro lado, yo jamás descifraría por mis propios medios? Probablemente le bastaría para conseguirlo un fragmento mínimo del manual, y yo entonces me encargaría del resto para jactarme ante Cossini de haber hallado el hilo que nos conduciría fuera de aquel magno laberinto que había costado la vida a Fraester y al barón Blok-Cissewsky.

* * *

—Amphitryon —aventuré con suficiencia en cuanto reconocí la voz de Remigio Cossini al otro lado de la línea.

Pero él, debí imaginarlo, no mostró al responderme ni el más ligero signo de desconcierto. Una vez más tuve la impresión de que el pintor había estado aguardando mi llamada con parsimonia cronométrica. Casi temí haber tardado más de lo oportuno en comunicarme con él. Confieso que mi propósito inicial había sido sorprenderle, demostrarle que yo también era capaz de seguir con éxito mis propios derroteros, mis propios movimientos en la partida que habíamos iniciado hacía tiempo contra ese siniestro jugador del que él hablaba con absoluta certeza a partir de meras intuiciones. Pero Cossini recibió mi anuncio con tranquilidad, se diría que con ofensiva indulgencia. Como si el nombre de Amphitryon hubiese sido la pregunta de un alumno intrigado antes que la afirmación de un maestro, el pintor replicó:

—Amphitryon. Delicioso personaje, sin duda. Existen por lo menos treinta comedias basadas en la historia de este patético individuo. La de Molière me parece en extremo grosera. Si le interesa mi opinión, prefiero la de Plauto.

Inútil decir que, poco antes de llamar a Cossini, me había tomado el tiempo de investigar quién era el tal Amphitryon, y estaba preparado para explicarle con lujo de detalles la historia de aquel pobre guerrero suplantado en el lecho conyugal ni más ni menos que por Zeus. Pero ahora era Cossini quien me impartía su lección con desquiciante pedantería. Entonces, harto ya de sus juegos y su autosuficiencia, me dispuse a fulminarle con mi historia del wolpuk y la conspiración encabezada hacía años por el general Dreyer. Demasiado tarde. Cuando me di cuenta, el pintor había vuelto a interrumpirme con una de sus frases desarmantes:

—Por lo que hace a nuestro amigo Blok-Cissewsky, o como quiera usted llamarlo, temo que su Amphitryon no se cuente entre los más afortunados—. Y agregó que, en su nada humilde opinión, él habría preferido el nombre de Hércules para el proyecto de Dreyer, pues en su caso no habían sido los dioses quienes pretendieron suplantar a los mortales, sino justamente lo contrario.

De modo, pensé desde la más rotunda consternación, que el maestro Remigio Cossini estaba al tanto del pasado de Blok-Cissewsky y se atrevía incluso a hacerle acotaciones al margen. En ese instante estuve a punto de mandarlo al diablo, mas fue el propio Cossini quien me detuvo al confesar, con humildad en él inusitada, que no había sido capaz de descifrar la clave del barón. Agregó, no obstante, que siempre había sospechado que todo aquel embrollo tendría que ver con el pasado del barón cuando éste ostentaba aún el nombre de Thadeus Dreyer, si bien nunca llegó a creer que su muerte, casi veinte años después de la guerra, fuese sólo una venganza por parte de alguna asociación neonazi. Cualquiera con un poco de malicia habría debido intuir que el manuscrito tendría algo más que información histórica sobre los crímenes de Adolf Eichmann, sino datos precisos, direcciones y nombres para localizar a quien se ocultaba detrás del nuestro falso Humphrey Bogart.

—Me alegra que haya usted descifrado el manuscrito —murmuró finalmente Cossini como si hablara para sí—. Me ha ahorrado usted un viaje largo y seguramente engorroso. Por otro lado, quizá aún estemos a tiempo para salvar de la horca a un hombre inocente.

Tras esto, Cossini se hundió en un silencio expectante que me hizo olvidar por completo mi indignación inicial para situarme de nuevo en una condición atribulada y sanchopancesca. De golpe, las últimas palabras de Cossini me hundieron en el más dramático de los abatimientos, pues era evidente que el pintor daba por descontado que, a esas alturas, yo conocía perfectamente el contenido del manuscrito del barón, y que fundaba en mi destreza de descifrador no sólo nuestras esperanzas de sobrevivir, sino las de un individuo para mí incierto cuya suerte dependía también de mí. Ahora, en suma, por primera vez desde que nos conocimos, el maestro esperaba que fuese yo quien arrojase la luz definitiva sobre nuestro dilema.

—Para serle franco, señor Cossini —tuve que confesar—, aún no he terminado de traducir el manuscrito. Hasta ahora sólo he podido saber que el barón empleó para cifrarlo un antiguo código militar denominado wolpuk.

Esperaba que, ante esta confesión, el pintor emitiría un suspiro resignado y se abocaría a darme nuevas instrucciones con la paciencia de quien vuelve a asumir la bestialidad de su aprendiz. Pero mis palabras, por el contrario, provocaron en él una inusitada explosión de ira y estupor.

—Si no ha descifrado usted la clave —exclamó—, ¿cómo diablos tiene usted noticia del Proyecto Amphitryon?

Remigio Cossini me había cogido en falta. No sé por qué no me atreví en ese instante a preguntarle cuáles eran sus propias fuentes, y cómo era posible que él también estuviese al tanto del Proyecto Amphitryon si tampoco conocía la respuesta para descifrar el código wolpuk. Cualquiera que fuese el caso, estaba claro para él que yo había recurrido a la ayuda de un tercero para descifrar el manuscrito y que eso era una flagrante infracción del tácito código de prudencia que nos habíamos impuesto desde un principio.

—Pensé que era a Fraester a quien correspondía desempeñar el papel de imbécil en esta historia —dijo al fin Cossini olvidándose en definitiva de su habitual frialdad—. Espero sinceramente que no tenga usted que arrepentirse de su torpeza. El problema de jugar al ajedrez con piezas humanas es que éstas no suelen respetar las reglas más elementales.

Y así concluyó para siempre la extraña comunicación que hasta ese día habíamos mantenido.

* * *

Días más tarde, en estricta verificación de los temores de Remigio Cossini, supe que el falso Bogart había llegado a Gran Bretaña para concluir el asunto que en otros tiempos creímos saldado con la sangre de Fraester. Y esta vez, sobra decirlo, sus maneras fueron aún mucho menos sutiles que en nuestro encuentro ginebrino. Una brevísima llamada del coronel Campbell bastó para ponerme sobre aviso de que algo, finalmente, se había roto en la engañosa tranquilidad por la que hasta entonces habíamos navegado el pintor y yo. En un tono que recordaba vagamente los sudorosos tartamudeos del secretario que hacía meses nos había recibido en el despacho del albacea, mi antiguo jefe de comunicaciones me anunciaba haber resuelto al fin el criptograma del barón, por lo que me invitaba gustoso a visitarlo en Edimburgo para descifrar conmigo el resto del manuscrito. No hacía falta la intuición deslumbrante de Cossini para comprender que el viejo coronel no sólo seguía desconociendo las triquiñuelas del wolpuk, sino que junto a él, erguido y amenazante como la boca de un revólver, se balanceaba en ese momento el eterno cigarrillo rubio que tan bien conocíamos los herederos de Blok-Cissewsky. Mi respuesta, entonces, fue tanto o más breve que la invitación del viejo coronel: fingiendo ma-

lamente mi entusiasmo frente a la noticia del desciframiento del código, le dije que esa misma tarde tomaría
el primer tren a Edimburgo, donde podríamos consagrar cuanto tiempo se requiriese para descifrar aquel
manuscrito que, mentí, seguramente sólo arrojaría algunas consideraciones de interés histórico para una novela que pensaba escribir.

Siempre me he preguntado cómo se las arregló Bogart para trasladarse en ese mismo instante a Londres.
Lo más lógico resulta pensar que el coronel Campbell,
contra mis sospechas iniciales, me habría llamado desde
su finca edimburguesa solo o en compañía de algún
otro y no menos ominoso sicario de aquel oscuro jugador que tanto entusiasmaba a Cossini. Creo, sin embargo, que nunca podré darle a los miembros de aquel
enigmático ejército un rostro que no sea el de Humphrey Bogart. Todavía hoy, cuando la mala fortuna siem-
bra en mi camino los afiches o las películas de ese actor,
un estremecimiento me ciñe el cuerpo y siento como si
cada una de esas imágenes correspondiese a un hombre
distinto, una más de las infinitas clonaciones con que mi
cerebro se esmera naturalmente en otorgar a las plurali-
dades del miedo un rostro preciso e irrepetible.

En cualquier caso, lo cierto es que esa tarde Bogart
ya no estaba en Edimburgo sino en Londres y que, además, haciendo gala de una capacidad que el propio Cossini parecía haber menospreciado, intuyó fácilmente
que la llamada del coronel Campbell no me conduciría
a la capital escocesa, sino al aeropuerto de Heathrow, a
cuyas puertas me recibió con la sonrisa del cazador que

ve surgir de la espesura a una bestia desconcertada. Antes siquiera de que pagase yo el taxi que me había conducido hasta allí, Bogart me introdujo a empellones en el asiento trasero de otro automóvil cuyo conductor apenas se inmutó con el forcejeo. Luego, sin más instrucción que un guiño de Bogart al retrovisor, el auto se puso nuevamente en marcha hacia un lugar que no por incierto dejó de parecerme aciago.

—Veo que tiene usted mucha prisa por abandonarnos, amigo mío —musitó Bogart rebuscando algo en los bolsillos de su americana—. El pobre coronel Campbell se sentirá defraudado por su notable falta de interés —y se llevó a los labios uno de sus incontestables cigarrillos.

Toda aquella situación comenzó a parecerme más tediosa que aterradora, y quizás habría llegado a aburrirme si en ese momento Bogart no hubiese encendido al fin aquel cigarrillo que yo siempre consideré como parte incombustible de su personalidad de utilería. Ese gesto en apariencia nimio bastó para que me sacudiese un vago estremecimiento, no el de un miedo con el que había aprendido a convivir desde hacía meses, sino la convicción de que también Bogart pertenecía a una especie de milicia criminal adiestrada para defender a un rey negro y secreto, situado más allá de cualquier regla, inmune a la justicia o a la muerte como si fuese el dueño absoluto del mal. Quizá entonces el hombre que nos había amedrentado en un remoto despacho de Ginebra era sólo una de numerosas copias al carbón de Humphrey Bogart, un abstemio que se resistía a encender su cigarrillo como si con eso pudiese distinguirse, así fuera mínimamente, de otros más resignados que él a encarnar el terror de la ubicuidad. En algún archivo secreto del mundo existiría una serie de fichas absurdamente similares donde una mano incierta se habría visto obligada a numerar los historiales de una infinidad de Bogarts posibles, tratando sin éxito de unificar sus facciones, sus ademanes, sus vicios, su modo de andar, de hacer el amor o de asesinar. Y tal vez en ese mismo lugar, unos anaqueles más arriba, se encontraría también un expediente con mi nombre o el de Remigio Cossini esperando que alguien lo enviase al triturador del olvido.

Poco a poco el taxi abandonó las inmediaciones del aeropuerto para ingresar en una ciudad hormigueante que, sin embargo, daba la clara impresión de estar a punto de apagarse, como si todas aquellas luces, bocinazos y murmullos fuesen conscientes de que en cualquier momento un manto de sombra y silencio les estrangularía el ánimo. En efecto, la ciudad no tardó mucho en aletargarse en un vaivén de arboledas y sombras cada vez más difusas. Sin darme yo cuenta, habíamos atravesado el centro y ahora nos aproximábamos a los suburbios, allí donde seguramente me esperaba esa solución definitiva que también Cossini habría esperado o temido mucho tiempo. En cierto momento pensé en preguntarle a Bogart cómo intuyó que Cossini y yo no habíamos renunciado a desentrañar el enigma, mas la remota esperanza de que el pintor estuviese todavía a salvo del asedio de aquel hombre me orilló a guardar silencio. Sin embargo, como si también él fuese capaz de leer mis reflexiones, Bogart volvió a esgrimir uno de esos ademanes de fatiga que lo caracterizaban y dijo:

—Su amigo el pintor está bien, señor mío. Sólo ha sufrido otra de sus habituales crisis nerviosas. Digamos que nosotros sólo le hemos echado una pequeña mano para volver al sitio del que nunca debió salir.

Y diciendo esto extrajo de su americana una fotografía que me llenó de desconcierto: Remigio Cossini, o alguien que bien hubiera podido ser su contrahechura, se hallaba sentado a la mesa de lo que parecía ser un comedor de hospital.

—¿No lo sabía? —agregó Bogart con mal disimulado sarcasmo—. Es una pena. Debí advertirle desde un principio con qué tipo de hombre se estaba usted involucrando.

La fatiga del miedo y la confusa revelación de aquella fotografía me impidieron responderle. Tal vez lo mejor en esas circunstancias habría sido dudar una vez más de las palabras de mi verdugo, descreer de la fotografía y de la supuesta locura del único hombre verdaderamente lúcido que he conocido. Pero yo, a esas alturas, estaba francamente harto de dudar, y creí a pie juntillas que aquel despojo era efectivamente Cossini. En ese momento permanecí indemne ante la hiriente insinuación de que la historia de Blok-Cissewsky era sólo el invento de un psicópata. Lo único que entonces hizo mella en mi ánimo fue la certeza de que Bogart y los suyos habían arrojado a Cossini en la desesperación, en un desquiciamiento antiguo o flamante del que nada podría salvarle. La fotografía temblaba en mis manos como el telegrama que anuncia el deceso de un camarada caído en campaña, releído hasta el hartazgo con la desolación de quien busca los detalles de una tragedia en la frialdad de un documento oficial. El pintor vestía un ridículo batín que en mejores tiempos debió de ser blanco, pero que ahora se veía tan sucio y tan raído que acusaba de inmediato la precariedad de los servicios que prestaba aquella institución. Una leve porción de sombra en la parte inferior de su rostro sugería una incipiente barba que acentuaba la discordancia de la escena con su aspecto originario, tan pulcro, tan oriental. Frente a él, sobre la mesa, un ajedrez de piezas inusitadamente grandes aguardaba el próximo movimiento.

—Le toca jugar a él —aclaró Bogart recuperando la fotografía para devolverla a la siniestra cornucopia de sus bolsillos—, pero lleva así un par de días. Los médicos dicen que podría tomarle una eternidad mover la siguiente pieza.

Esto lo anunció como si allí, en el fondo de sus heladas maneras, hubiese estallado de pronto una carcajada cuya única manifestación externa fue el intenso enrojecimiento del ascua de su cigarrillo. Un inmenso cansancio comenzó a apoderarse de mí. La rabia me ahogaba la boca del estómago, si bien tampoco alcanzaba a exteriorizarse. La derrota de Cossini y la perspectiva de recordarlo así para siempre, desmadejado e inepto ante las reglas de un ajedrez demasiado humano como para ser resuelto con las herramientas de su mente, me dejaban a merced de nuestros perseguidores, resignado también a no comprender nunca si el barón Blok-Cissewsky habría planeado nuestra perdición o si, por el contrario, le habíamos defraudado.

Como si se regocijara con el atribulado silencio de mis reflexiones, también Bogart calló largo rato mientras el taxi circulaba por un paisaje que se volvía cada vez más irreal al otro lado de la ventanilla. En algún momento desvié la mirada hacia el retrovisor y percibí las pupilas del conductor detenidas fijamente en mí, lejanas al sádico deleite de Bogart, más bien como si reconociese en mí una vaga afirmación, una remota posibilidad que su compañero, distraído en el acto de agotar cigarrillos y encenderlos uno tras otro, no había sido capaz de distinguir. De repente, detenidos frente a la luz roja de un semáforo, el conductor interrumpió el silencio, llamó en alemán la atención de Bogart y le ordenó algo con la inapelable decisión de un viejo militar que se dirige a un subordinado.

Mientras Bogart asentía a las instrucciones del conductor yo veía desfilar las calles brumosas de Londres con la actitud de un niño cansado de asistir a las trifulcas cotidianas de sus padres. Parques extensos como cementerios militares, recodos y pedestales invadidos de malvivientes que voceaban periódicos de desempleo, avenidas cada vez más amplias y suburbanas que anunciaban gradualmente la proximidad de un territorio marginal. De repente se adensó la niebla y descubrí con sorpresa que era más bien el vaho de mi respiración en la ventanilla lo que había trastocado aquella ciudad en escenario de una mala película expresionista. Sentí que el miedo así manifestado por mi aliento ya no me pertenecía, como si también yo estuviese a punto de transmigrar a otro cuerpo abandonando uno que ya no me importaba gran cosa. Cuando los edificios comenzaron a repetirse con monótona insistencia, quise creer que el taxi daba vueltas innecesarias para confundirme, pero también aquella idea pasó muy pronto al recuento de fantasías necias con que mi imaginación literaria se empeñaba en darme esperanzas vanas. A esas alturas podía darme por muerto, reducido a la condición de un fantasma que, de cualquier manera, más de una vez había probado la inconsistencia de quienes van de paso por la vida como extras contratados por una gran productora para engrosar breves escenas multitudinarias.

El taxi se adentró al fin en una zona de lotes baldíos y edificios precarios. Si bien la noche se había cerrado sobre nosotros, por un instante me sentí devuelto a la tarde suiza en que Remigio Cossini, en otra ciudad y otro trayecto, me anunció que la suerte nos había arrojado en una historia cuya escatológica turbiedad sólo ahora adquiría su auténtica proporción. Tal vez el propio Bogart, o alguna de sus infinitas clonaciones, nos había seguido aquel día desde la estación en un auto similar al que ahora nos conducía por las afueras de Londres, recibiendo órdenes del mismo falso conductor, seguros ambos de que tarde o temprano aquellos dos viajeros cuyos rostros apenas conocían por señas o fotografías quedarían pronto a su disposición como si el tiempo para aniquilarnos jamás hubiese transcurrido de verdad, como si nuestra inútil resistencia a sus proyectos no hubiese sido más que un brevísimo y engorroso moscardón que se persigue por una casa cuyas ventanas sabemos herméticamente cerradas.

El coche y la conversación de mis acompañantes se detuvieron al fin a un lado de la carretera. La noche había engullido el crepúsculo con la voracidad de un invierno ruso, y la imagen de Cossini se perdió en mi memoria bajo un manto de tinieblas que envolvía su cuerpo frente al ventanal del psiquiátrico. Bogart esperó aún un poco para dirigirse a mí. Se diría que algo en su conversación con el conductor había trastornado unos milímetros la representación de certeza y hartazgo que, supongo, venía preparando para mí desde hacía meses. Durante unos segundos me observó como si de pronto alguien le hubiese dicho que yo no era el hombre que minutos atrás había entrado en el estrecho territorio de su poder. En su mirada pude percibir esa mezcla de interés y conmoción que reflejan los espectadores de una ópera a quienes acaban de anunciar que su diva favorita se halla indispuesta y que una desconocida aunque prometedora soprano tomará su lugar en la función que está a punto de dar comienzo. Aquella duda, sin embargo, apenas permaneció en sus pupilas.

—Quiero imaginar —dijo aniquilando su cigarrillo en el cenicero del coche— que su parte del manuscrito se encuentra en su maleta. De cualquier forma, usted sabe que daríamos con él tarde o temprano.

Me pareció que al apagar su cigarrillo Bogart había ahuyentado asimismo las dudas que antes habían comenzado a abrumarle en su charla con el conductor. Ahora hablaba de nuevo con la autoridad que hacía meses había empleado para humillarnos a los tres herederos del barón Blok-Cissewsky. No había espacio en él para la duda. En cambio, la desgana con que extrajo un revólver de su bolsillo encajaba perfectamente con su papel. No tuvo que indicarme que descendiese del coche. Ese acto tan banal lo había repetido yo infinidad de veces en mi imaginación desbocada desde el momento en que mi verdugo apareció en el aeropuerto. O tal vez desde mucho antes, cuando el propio Bogart irrumpió en mi existencia como en respuesta a la lógica de una mala novela, de esas que terminan siempre de la misma manera, de noche y con frío, en la muda complicidad de un terraplén donde nadie escucharía la detonación, menos aún el golpe seco de un cuerpo que cae al suelo y se desangra por la nuca. Sin saber cuándo ni cómo, había entrado en el escenario de mi propia ejecución con una familiaridad irritante, casi agradecido de que las cosas no pudiesen ya ocurrir de otra manera. Tal vez por eso apenas me inquietó el ventarrón que esa noche me golpeó el rostro mientras abría la puerta del auto. Por un momento creí que el conductor del coche volvía a musitar algo parecido a una orden, pero era demasiado tarde para escucharle: arrodillado en el suelo, mis ojos se habían cerrado ya ante el sonido inconfundible de la mano experta que amartilla un revólver.

* * *

No niego que los años han afinado algunos rincones de mi conciencia, pero también la han expuesto a ese

poder devastador del tiempo que hiela nuestros recuerdos y nos vuelve inmunes a cualquier estímulo que pro-
venga del exterior. En los años que han transcurrido
desde la última vez que hablé con Remigio Cossini, he
intentado recuperar una cierta sensibilidad para las artes que, sin embargo, insiste en evadirme con la destreza de un pez abisal. A menudo los periodistas recla-
man mi opinión sobre alguno de los muchos cuadros o
sinfonías de las que hago mención en mis novelas. Entonces yo respondo cualquier cosa e intento aparentar
que en verdad me importa lo que estoy diciendo. Nada
digo de las interminables tardes que gasto en escuchar
arias que me aburren sobremanera o en recorrer galerías
que me estremecen tanto como un beso sobre la piel de
una langosta. Desde luego, tampoco menciono el lienzo
que Remigio Cossini, previendo quizá el peligro que le
amenazaba merced a mi imprudencia con el coronel
Campbell, dispuso me fuese entregado a su muerte, la
cual ocurrió en 1964, tres años después de los sucesos
que ahora he querido relatar. El cuadro, claro está, es
una falsificación, aunque su modelo es a su vez una
suerte de impostura. Se trata de una copia fiel del céle-
bre *Hombre sentado en una habitación*, atribuido a un imi-
tador de Rembrandt, y creo que está de más explicar
por qué Cossini guardó a ese cuadro un afecto lo bastante grande como para conservarlo mientras le duró la
vida.

También en esta herencia del pintor, como en el manuscrito del barón Blok-Cissewsky, se encierra una intuición casi macabra. Su inexplicable convicción de que

yo, pese a todo, sobreviviría al fatal destino que él no consiguió evitar. Si imaginó los términos en que habría de prolongarse mi existencia más allá de la suya, o si luego, en su locura, llegó a enterarse de que Eichmann fue finalmente condenado y ahorcado en Tel Aviv dos años después de su arresto en Argentina, son cosas que aún no he podido discernir. Así y todo, cualesquiera que hayan sido sus motivos para adivinar mi salvación, supe al recibir el cuadro que mi desdichado amigo no lo pensó dos veces antes de decidir que fuese yo quien lo recibiese en su memoria. Al principio, cuando pude contemplar esa figura oleaginosa que reflexiona aprisionada en el más dramático de los claroscuros, pensé que ese singular legado era también una suerte de criptograma póstumo, una de esas pistas esquivas y al parecer infundadas con las que el pintor solía desplazarse por la vida con la magnificencia de un transatlántico a punto del naufragio. Luego pensé en él, en el sitio adonde le había remitido la tortura de Bogart, quizá aterido al fondo de un sinfín de pasillos numerados, eterno y mudo frente a su tablero de ajedrez, envuelto en aquel sucio batín que yo recordaría tres años más tarde, cuando recibiese su obra y me supiese indigno de una cama blanda y un lujoso apartamento en Notting Hill que en otra situación me habrían parecido confortables, pero que en ese momento se presentaron ante mí como obstáculos insalvables para comprender aquella pintura donde tal vez se hallaba la pieza faltante de mi historia.

Esa vez, contra mi costumbre, me equivoqué sólo a medias. Nada había en aquel cuadro que no fuese una velada alusión al dilema mayúsculo que hacía años nos había dejado en herencia el barón Blok-Cissewsky. No obstante, tal y como era de esperarse en una mente como la suya, Cossini había sido muy cuidadoso al jugar su última carta, acaso sobre la esperanza de que yo, al menos por una vez, supiese comportarme a la altura de sus maquinaciones. Ningún texto en clave, ninguna frase oculta bajo el lienzo habrían sido lo bastante seguros o lo bastante dignos del pintor como para que yo me molestase en buscarlos. El lienzo debía de ser más bien una evocación fantasmal del propio Cossini invitándome a repensar paso a paso cuanto me había dicho hacía tiempo. Fue como si supiese que, en algún momento y sin notarlo, él mismo me había dado un cabo suelto al cual asirme cuando él faltase.

Confieso que tardé varios días en reajustar mi mente a la frecuencia que Cossini me exigía desde el reino de los muertos. Casi con placer me deslindé cuanto pude de mis compromisos editoriales y recuperé por instantes aquella soledad de hombre gris que en otros tiempos había llegado a parecerme insostenible. Poco a poco conseguí borrar el lujo tumultuoso de mi apartamento para enfrentarme al cuadro de Cossini con el vigor de quien se niega a abandonar un sueño en el que alguien está a punto de revelarle un enigma que le ha atormentado desde niño. Una mañana, al fin, descubrí que mi cerebro trabajaba con un vértigo que nunca había experimentado, y no tuve que transitar mucho en mis recuerdos para toparme con la sentencia que Cossini había querido que yo recordase. En nuestra última conversación telefónica, el pintor había hablado de un viaje engorroso que le habría ahorrado mi desciframiento del manuscrito del barón. Tal vez aquella tarde, temiendo la inminente decepción de Cossini, yo no había podido retener aquella frase, y más tarde la recluí en ese ambiguo espacio de la consciencia donde cualquier alusión al viaje nos parece sólo una premonitoria metáfora de la muerte.

Pero Cossini, bien lo sabía yo, no tenía alma de poeta. Y su viaje, por tanto, debía ser un viaje auténtico. ¿Hacia dónde? ¿En qué lugar se hallaba esa parte de la verdad del barón que él, alguna vez, creyó o supo cifrada en nuestro manuscrito? Seguramente, como consecuencia de nuestra última charla y de la traición del coronel Campbell, también el pintor había sido capturado en una estación de tren o en un aeropuerto, si bien Cossini no habría emprendido aquel viaje para huir de un destino que, como Bogart había tenido el cuidado de advertirme, le habría alcanzado tarde o temprano. No. Su propósito debió de ser el deseo de conocer la verdad antes de que otros le arrojasen en esa eterna incertidumbre que para él fue la locura.

Ginebra, Londres, Viena. Todos los escaques posibles de nuestra cartografía privada fueron visitados miles de veces desde mi soledad en Notting Hill. Más de una vez, en el transcurso de los últimos tres años, la suerte me había devuelto a aquellos lugares sin que el reciente giro de mi fortuna obrase en nada para ahuyentar la memoria amarga del pintor. Cada ciudad, cada rostro y cada palabra pronunciada en un idioma desconocido tenían para mí esa frialdad portuaria que nos hace sentir expatriados incluso de nosotros mismos. Con todo, ni entonces ni ahora, mientras invocaba aquellos sitios como si nunca los hubiese visto, me delataron éstos la más remota señal de encerrar el minotauro al que habría ido a buscar Cossini. Finalmente un día, cuando estaba a punto de renunciar a mis esfuerzos, un evento casual me condujo hasta ese lugar que había escapado por entero a mi entendimiento. La luz no vino cifrada en los códigos maltrechos de mi memoria, sino en uno de esos detestables telegramas con los que mis editores acostumbran a notificarme un nuevo e insufrible viaje para promover mis libros. Por costumbre, casi por desprecio, necesito embriagarme antes de conocer el nuevo destino a donde me remiten deberes literarios cada vez menos placenteros. Pero ahora algo en mi intuición me dijo que aquel sobre, idéntico a tantos otros, tendría que ser distinto. Así, sin pensarlo más, rompí el sobre y vi surgir ante mí, con la fuerza de una explosión solar, el nombre ansiado: Francfort. El nombre de aquella ciudad se encajó en mi mente y me remitió de inmediato a mi recuerdo del testamento del barón. Cegado acaso por su rutinario desprecio hacia las obviedades, el pintor debió de asumir en un principio que las jugadas ultramundanas del barón se limitaban a los tres nombres de su enigmática postdata, y sólo más tarde habría entrevisto la posibilidad de que nuestro trío de herederos fuese más bien un cuadrángulo cuyo último vértice debía de hallarse en Francfort, en el asilo a favor del cual el barón había pedido que fuesen subastada sus pertenencias. ¿Sería ése el viaje que alguna vez pretendió realizar el pintor antes de nuestra última charla? ¿Lo habría inventado yo mismo infestado por su sombra? Nada ni nadie podían responder a estas preguntas, pero eso no impidió que me aferrase a aquel único y quebradizo hilo de Ariadna para continuar mi propio trayecto hacia la verdad.

* * *

Cinco días después aterrizaba yo en el aeropuerto de Francfort dispuesto a visitar todos los asilos de la ciudad hasta dar con las huellas del testamento del barón Blok-Cissewsky. La empresa se antojaba tan absurda que habría movido a cualquier otro a desistir, pero yo estaba seguro de que mis intuiciones irían tomando forma a medida que me aproximase a aquel lugar que, en cierto modo, me estaba destinado desde el principio de mi grotesca odisea.

Sería inútil entrar en los detalles de mi largo peregrinar por los asilos de Francfort preguntando si alguno de ellos tenía que ver con el barón Blok-Cissewsky o con el general Thadeus Dreyer, distribuyendo dinero y consultando extensas listas de internos sin saber exactamente qué nombre estaba buscando. Baste decir que aquellas semanas transcurrieron para mí fuera del tiempo, como si ahora mi obsesión por continuar los pasos truncados del pintor me hubiesen conducido a un punto extremo del mundo donde el único compás posible era el vértigo de mi propia ansiedad. Cuando finalmente di con el lugar que había estado buscando, tuve la sensación de haberme transformado en el último grano de arena del inmenso reloj que mi vida y la de Cossini habían ocupado desde la muerte del barón Blok-Cissewsky.

Más que un asilo, el lugar al que me condujeron mis pesquisas era una de esas casas sucias y malparadas donde van a caer más vagabundos que ancianos, edificios sin nombre cuyos administradores abrevan del presupuesto social más dinero del que realmente invierten en sus internos. Prácticamente inmune a ese o cualquier tipo de sorpresas en la historia del barón, apenas experimenté asombro al constatar que, en efecto, el barón no sólo había donado a aquel lugar el valor de sus pertenencias ginebrinas, sino que era considerado desde hacía muchos años como su más generoso benefactor. El responsable del asilo era casi tan viejo como la mayoría de sus huéspedes, y aunque afirmó desde un principio que tenía problemas de memoria, algunos marcos fueron suficientes para refrescársela. Haber seguido hasta allí los pasos del barón, agotando mi vida con una vehemencia que yo mismo no acababa de justificar, me acreditaba en cierta forma para conocer por cualquier medio la verdad de aquel asunto. Gracias al espectro de Cossini que ahora me ocupaba, los engranajes del actuar y el morir de mi viejo contrincante de ajedrez estaban ya ensamblados en mi mente. El administrador sólo tendría que darles un impulso mínimo para que éstos se echasen a andar. Poco se me daba ya que esa verdad última dependiese ahora de un médico viejo y deshonesto que seguramente sabía menos de lo que quería aparentar. Sin duda el hombre dejaría aflorar sus recuerdos con lentitud, esperando que mi ansiedad me llevase a aumentar el monto de mis dádivas. Pero yo ahora no tenía prisa por escucharle, de modo que esperé pacientemente a que él se decidiese a relatarme su versión de nuestra historia.

—Ésta será la última vez que hablo con extraños sobre las cosas del difunto señor Blok-Cissewsky —me advirtió el viejo aquella tarde—. Él siempre pidió que fuésemos discretos con sus asuntos. Además, no creo que sea correcto hablar de ellos con tanta gente.

Había hablado con rencor, casi con la soberbia de una amante despechada y con el acento melodramático de quien se ha instruido en la lectura de demasiadas novelas de folletín. Su historia fue acaso tan ambigua como todo lo relacionado con el barón Blok-Cissewsky, pero al cabo pude percibir en ella una sinceridad que, hasta entonces, había brillado por su ausencia durante mi investigación. Nada hubo en esas palabras que hoy pueda ser considerado como una revelación imbatible. Sin embargo, creo que al menos esta vez la historia del administrador me permitió sentir que al fin se desvelaban si no todos, algunos de los pasajes que habían quedado en la oscuridad durante los últimos años.

El barón Blok-Cissewsky, comenzó a decirme el viejo, le había escrito poco después de la guerra preguntándole por el estado en que se hallaba uno de sus internos, un tal Viktor Kretzschmar, que habría llegado al asilo en febrero de 1937 tras una reclusión de cuatro años en las cárceles vienesas por haber causado un accidente de tren en el que murieron docenas de personas. Blok-Cissewsky suplicaba entera discreción a su corresponsal, y prometía encargarse con generosidad de los gastos en que pudiera incurrir aquel interno, siempre y cuando le mantuviesen puntualmente informado de las condiciones en que éste se hallaba. A aquella sazón, siguió explicando el administrador, el viejo Kretzschmar era un guiñapo, un despojo humano que alternaba momentos de lucidez cada vez más breves con prolongados arranques de rabia. Desde luego, el asilo aceptó con entusiasmo la oferta del barón, y a partir de entonces intercambió puntualmente sus informes sobre el interno Kretzschmar por significativas cantidades de dinero que supuestamente fueron consagradas a la manutención y el tratamiento del viejo. Mucho tiempo después, en junio de 1960, el barón se presentó finalmente en el asilo sin más equipaje que un viejo tablero de ajedrez y exigió hablar con el interno. Fueron inútiles sus ruegos, sus palabras, la cólera torpemente reprimida con que el barón intentó devolver a Kretzschmar a la cordura. Fue tal su desesperación por conseguir que el viejo jugase con él una partida de ajedrez, que el propio administrador no habría sabido decir cuál de los dos ancianos merecía quedarse en el asilo. Blok-Cissewsky permaneció allí varias semanas y persistió inútilmente en su empeño hasta el día en que la prensa anunció el arresto de Adolf Eichmann en la ciudad de Buenos Aires. Habituado al temperamento flemático del barón, el administrador no acababa aún de explicarse el estallido de ira y angustia desmedida que aquella noticia provocó en el ánimo de su benefactor.

—Parecía un endemoniado —aseguró—. Cuando vio el rostro del criminal nazi en el televisor, comenzó a gritar que aquel hombre no era Eichmann, y juró que él se encargaría de decirle al mundo entero la verdad.

El administrador no supo decirme a ciencia cierta a qué verdad se refería el barón con tanto brío, pero agregó que le oyó asegurar a los oídos de Kretzschmar que él sabía dónde se hallaba el verdadero Eichmann, y que iba a impedir que se cometiese una injusticia.

—Sólo él puede jugar así —le decía el barón a aquel espantajo esgrimiendo ante él un puñado de recortes de periódico y gastados fascículos de ajedrez.

Kretzschmar, claro está, ni siquiera se inmutó ante las promesas del barón, quien no tuvo más remedio que abandonar el asilo no sin antes advertirle al administrador como si en realidad hablase consigo mismo:

—Yo di la vida a ese hombre, señor mío, pero le robé el alma. En verdad, hoy daría cualquier cosa para devolvérsela.

Si el barón se refería a Adolf Eichmann o a alguien más, es algo que ni el administrador ni yo pudimos nunca entender. Al día siguiente Blok-Cissewsky había desaparecido de la ciudad, y sólo unos días más tarde, coincidiendo con la noticia de la muerte de Blok-Cissewsky, el administrador recibió la visita de un desconocido que le impuso una cantidad considerable de dinero a cambio de que no volviese a hablar con nadie de lo ocurrido entre Kretzschmar y el barón. Caso de no aceptar, añadió el visitante, bien se ocuparían de que él también desapareciera de manera aún más contundente que Blok-Cissewsky.

Al escuchar esta parte de la historia, extraje de mis bolsillos una vieja fotografía de Humphrey Bogart y pregunté a mi interlocutor si era ése el hombre que le había amenazado de aquella manera.

—Era él —murmuró sin inmutarse, y luego, más bajo—: Él lo mató, ¿verdad?

Yo no quise entonces verificar sus sospechas. A esas alturas era inútil buscar al asesino material del barón, como lo era también esperar nada más del administrador. El viejo Kretzschmar, al parecer, había muerto poco tiempo después de la ejecución de Adolf Eichmann, y era de imaginar que a esas alturas nadie quedaría ya en el mundo para ahondar en aquella historia. En ciertos casos, pensé con resignación, las claves y los laberintos sólo nos conducen a espacios reducidos e iluminados exclusivamente por verdades mínimas, personales. Quizá nosotros estemos siempre condenados a seguir buscando una verdad absoluta sin conformarnos nunca con esos pequeños motivos con los que a veces nos apacigua el agrio arquitecto que rige este laberinto sin fin.

Como si el rumor sombrío de mis pensamientos lo hubiesen despertado, el administrador abandonó de pronto el soporífero silencio en que había caído en las postrimerías de su relato. Su rostro traslució una tristeza desasosegada y, en señal de despedida, se puso de pie, extrajo un libro descolorido del interior de una vieja cómoda y me lo ofreció diciendo:

—Se lo vendo, señor. El barón lo dejó aquí antes de partir. Es el último recuerdo que nos queda de él.

Y con esto me condujo a la salida y me pidió con sequedad que no volviese a buscarle.

* * *

Nada hay más ingrato que indagar en los motivos por los que un asesino decide en un momento dado perdonarnos la vida. Uno siempre quisiera encontrar para ello justificaciones heroicas o aun divinas, pero la lógica nos conduce sin remedio a la más humillante de todas: el desprecio. ¿En verdad creyeron Bogart y el hombre que conducía el automóvil, aquella noche en Londres, que mi vida no valía siquiera una ojiva y unos cuantos gramos de pólvora? A veces me pregunto si aquella no fue también una rebelión mínima de esos dos hombres por apropiarse de la muerte y rebelarse así contra Dios, ese jugador ubicuo y omnipotente que insistía en reducirlos, también a ellos, a la condición de miserables piezas de ajedrez. Como sea, sin duda no fue ésa la primera ni la última vez en que ellos decidieron enviar a otros a un círculo infernal cuyos suplicios acaso les eran demasiado familiares e insufribles como para eximirme de ellos con la fácil salida de la muerte.

¿A quién debo agradecer o recriminar mi supervivencia? Cualquiera que sea la respuesta, soy yo quien sale perdiendo. El eterno segundo que tuve aquel revólver de Bogart a mis espaldas no sólo fue el encuentro con la precariedad de mi vida, sino el instante de una claridad que sólo años más tarde, cuando hablase con el administrador del asilo en Francfort, tomaría su auténtica dimensión. Aquella noche, mientras era conducido por los arrabales londinenses, aun cuando desconocía los motivos precisos que llevaron al barón Blok-Cissewsky a buscar la muerte para salvar a un hombre similar a Adolf Eichmann, comencé a experimentar sus razones más íntimas, aquellas que compartimos todos los hombres desde el principio de los tiempos. Hoy sé que a veces son los simples mortales quienes acumulan la rabia suficiente para rebelarse contra los dioses, pero en ocasiones son los dioses quienes nos dejan volver a casa tras haber usurpado nuestro lecho y amado a nuestras mujeres.

Allí estaba, pues, un peón del oscuro jugador al que tanto admiraba Remigio Cossini, dispuesto a aniquilarme con el mismo desenfado con el que su jefe, el conductor del auto, acaso el verdadero Adolf Eichmann, habría ordenado años atrás la ejecución de millones de seres. Pero esa noche Bogart, ante la insistencia del otro, permitió que las piezas se moviesen en otro sentido. Ignoro a ciencia cierta qué ideas pasaron entonces por su mente. Sólo sé decir que de pronto, en vez del disparo, escuché uno de sus característicos suspiros de hartazgo y noté que devolvía su revólver al bolsillo de la gabardina. Luego, mientras Bogart cerraba tras de sí la puerta del coche, el conductor me sugirió con sorna sin disimular un marcado acento alemán:

—Háganos un favor, amigo mío, escriba esta historia. Será un cuento por demás divertido.

Y con esto dejó que el motor del automóvil apagase una risotada que aún me pesa en el ánimo.

Si bien no he seguido en rigor aquella invitación, de alguna forma he acabado por convertirme en lo que ellos esperaban. Aunque ahora firmo mis libros con mi propio nombre, en cierta modo sigo escribiendo lo que otros quieren que escriba, diciéndome que una tarde tendré las agallas para rebelarme y buscar el disparo que Bogart interrumpió en Londres. Poco a poco he comenzado a transitar por las calles ocultando mi rostro bajo unas ridículas gafas de sol que igual me salvarán de los asedios de la prensa, mas no de ese rumor de pasos que me sigue a todas partes, sin permitirme jamás un instante de reposo, esa sensación de lejanía que necesitamos cuando el mundo está tan cerca que parece ahogarnos. Entro en algún bar y bebo hasta embriagarme o hasta que, en mi delirio, aparece una figura que dirige una mirada amenazante al camarero para que éste se niegue a seguir sirviéndome. Sin ira, sin desdén, miro entonces a mi guardián imaginario y descubro los ojos de Bogart en la penumbra del bar, amables y esquivos, como si no fuera él quien me perdonó la vida, sino uno más de mis infinitos reflejos. Con frecuencia, cuando los viajes incesantes me dejan agotado un par de días en mi apartamento, pienso en el barón Blok-Cissewsky, le maldigo e intento escribir su desquiciante historia en páginas que puntualmente alimentan mi chimenea. Entre mis recuerdos de aquellos tiempos malhadados, conservo el libro que hace años me entregó el administrador del asilo tras revelarme en qué circunstancias precisas

había tenido lugar la ruina del barón Blok-Cissewsky.
Se trata sólo de un viejo anuario militar entre cuyas páginas se encuentra la fotografía de un grupo de oficiales
del Reich durante la inauguración del campo de prisioneros de Treblinka. En el centro, según reza el pie de
foto, se encuentra el sonriente general Thadeus Dreyer,
flanqueado a su izquierda por el brigada Alikoshka Goliadkin, y a su derecha por un tal Franz T. Kretzschmar,
teniente del Noveno Cuerpo de Ingenieros. ¿Sería aquel
hombre hijo del anciano de Francfort a quien Blok-Cissewsky protegió desde la guerra? ¿Qué tendría que ver
ese ingeniero con el proyecto Amphitryon o con el coronel Adolf Eichmann? Por desgracia, mi intuición dista
mucho de asemejarse a la del infortunado Remigio Cossini, y por eso, como quiso alguna vez el hombre que
me perdonó la vida, no tengo más remedio que buscar
una respuesta en el reino falaz de mi propia imaginación, allí donde cada historia y cada palabra conducen
irremisiblemente a la mentira.

COLOFÓN
Ignacio Padilla
San Pedro Cholula, 1999

Más de una vez, el señor Daniel Sanderson ha esgrimido en su defensa que sus libros no nacen de la Historia, sino de los amplios espacios vacíos que ésta va dejando al dilatarse sobre el tiempo de los hombres y las naciones. Creo, sin embargo, que semejante argumento es licencia para que otros busquemos la Historia en los espacios vacíos que también él suele dejarnos con su ficción.

La bibliografía relativa a la figura de Adolf Eichmann es en extremo abundante, mas puede resumirse en los libros *The capture of Adolf Eichmann*, de Moshe Pearlman, y el ya legendario *Eichmann in Jerusalem*, de Hanna Arendt. Los hechos que nos interesan son escuetos: a la caída del Reich, Adolf Eichmann huyó de Alemania con el nombre de Martin Borman y, tras un largo peregrinaje por Asia Menor, terminó por instalarse en Argentina haciéndose pasar por un tal Ricardo Klement. Fue detenido en Buenos Aires en mayo de 1960, juzgado en Jerusalén entre abril y diciembre de 1961, y ahorcado finalmente en Tel Aviv el 31 de mayo de 1962. Con todo, a pesar de los numerosos testimonios y confesiones presentados durante el proceso, no han sido pocas las dudas respecto de la identidad del hombre que subió al cadalso israelí tras uno de los juicios más dramáticos de la historia.

Por lo que hace al general Thadeus Dreyer y al proyecto Amphitryon, la verdad es más difícil de rastrear. Existe alguna información relativa a un supuesto proyecto de suplantaciones que el mariscal Hermann Goering habría orquestado en los primeros meses de la guerra como un posible recurso para mermar las fuerzas de Heinrich Himmler, su eterno competidor en el seno del Reich. Poco se sabe, sin embargo, de los responsables directos de este proyecto, que efectivamente fue desmembrado en 1943 por conspirar contra el régimen en colaboración con los judíos. Hubo, entre los hombres más allegados a Goering, un oficial de origen austríaco llamado Thadeus Dreyer, condecorado con la Cruz de Hierro por sus hazañas en el Piave y desaparecido en mayo de 1943. Es Dreyer quien aparece en lo que podría ser la fotografía a la que Sanderson se refiere en la última parte de su libro, aunque ésta no fue tomada en Treblinka, sino muy probablemente en el patio trasero del Cuartel General de la Gestapo, ni publicada en un anuario militar, sino en las páginas centrales de un número especial del *Sturmer*. El joven que aparece al lado del oficial se llama, en efecto, Franz T. Kretzschmar, a quien los registros de guerra tienen por caído durante la Operación Barbarroja. Cualquiera que haya sido su destino, justo es reconocer que ese joven teniente acusa un extraordinario parecido físico con las imágenes que se conservan de Thadeus Dreyer cuando éste regresó a Austria como héroe de la Primera Guerra Mundial, por lo que no resulta tan aventurada la idea de que ambos hombres pudiesen ser padre e hijo. ¿Colaboró el joven Kretzschmar con el proyecto de suplantaciones de Hermann Goering bajo los auspicios del general Dreyer? ¿Sería ése, como sugiere Sanderson, el hombre que, cautivo de un rostro y un pasado que no eran los suyos, pagó con su vida los crímenes de Adolf Eichmann? Eichmann, portentoso ajedrecista, nunca negó su identidad mientras se le juzgaba en Jerusalén, pero eso no prueba nada contra las conjeturas del señor Sanderson. Dudo mucho, por otra parte, que el ingeniero Kretzschmar haya guardado silencio respecto de su identidad para ofrecer a su padre, o su superior jerárquico, una protección que éste no necesitaba. Antes resulta más verosímil pensar que el silencio de Kretzschmar en Jerusalén se debió a un afán de venganza por parte del impostor o el hijo bastardo contra el hombre que le habría transformado en un peón más sobre el gigantesco tablero de la guerra. Dreyer mismo lo dijo en su momento con la angustia que sólo podría explicarse en un padre, un amante o un dios traicionado merced a sus propias faltas: él había dado la vida a aquel hombre, pero le había robado el alma. Esa alma cuyo nombre único y secreto sólo con la muerte volverá a pertenecernos.

Salamanca, 1998-San Pedro Cholula, 1999.

ÍNDICE